后浪

摸一摸闪电的滋味

赵兰振 著

四川文艺出版社

目　录

走丢声音的夜行者

那时候我柔软的胡须还不认识剃刀，我的骨架刚刚初具雏形，初具雏形的骨架上还没来得及附庸岁月的赘肉，总之我很瘦，以致脊柱都有点驮不动略微大些的头颅，在胸腔的部位拱出弯曲——我有点驼背，体形酷似一支夏天里被阳光烘软的细蜡烛。就是这样一支蜡烛不知怎么一下子被爱情点燃，涕泪横流，烧得一发不可收拾。

那时候我正在北京的一家医院里进修学习，而点燃我的那个人却在千里之外的我的故乡，我每一天都被思念的火焰煎熬着。我的睡眠也被火焰照亮——我常常失眠，深夜里来来回回踯躅在二环路上，有时能那么不停地走上大半个夜晚，为此还被巡逻的联防队盘查过。"为伊消得人憔悴"，我终于等不及了，在距规定的时间还有一个多月时，我一不做二不休，干脆借故跌跌撞撞逃掉了。

我记得很清，我是在深夜 11：59 被北京至昆明的 61 次特快列车驮离北京站的。我没有座位，因为我是临时做出的逃跑决定，不可能买到预售票，而临上车之前想买到有座号的票无异于癞蛤蟆想吃天鹅肉。火车上挤到什么程度可想而知，所幸我拿了几张报纸，当我倚着车厢通道上的板壁或座背什么的硬物站得实在站不了的时候，我就把报纸贴到屁股上从人缝里只管往下颏，这样总能颏出来一小片空地供我坐下，让我僵硬的腿稍憩片刻。我颠簸了近十二个小时列车才在河南的许昌把我扔下来，又伴着许昌烈日下的尘土和苍蝇待了四个小时，万幸万幸，我乘上了小火车，这辆小火车不出什么毛病的话，再在窄轨铁路上爬行六个小时或者八个小时，我就能走在故乡的土地上了，我就能见着我没有一秒钟不思念着的我的姑娘了。

一切都顺利得不得了，只有四节车厢的小火车中途只坏过一次，而且只停了两个多小时不知怎么一修就又能"哞"地大吼一声开始奔跑了。要知道，以往这列小火车一使坏你就是费上四个小时也不一定能说服它重新在窄窄的小铁路上奔跑，我怀疑它是在许昌见识过大火车，见识过准轨铁路，因而对自己只在这么窄的破铁路上奔波满腹不平。谢天谢地，夜间零点多一点儿风尘仆仆的小火车胜利到达本条铁路的终点——我故乡所属的那座小县城。

我倾其所有，也不可能找到一个恰切的词语来描绘我从那列小火车上跳下来双脚及地的一刹那间的感觉。我提携着行李，踉跄了几步，身子发飘，像是要飞起来。我的两只脚底板细细地抚摸着小车站月台的质地，我眯缝着眼，差点儿被猛然降临的幸福击倒。确是那个小站，确是那两道我曾经好奇地聆听过远方车轮声的窄窄的铁轨，不错，离我朝思暮想的那个人只有二十公里，只有二十公里。我品味着这美妙的感觉，唯恐它会一下子消失。我像是一个贪吃的孩子噙着一块水果糖，又急于吃掉它又怕它真的一下子被吃掉，只得那么含在嘴里，放在舌头上，翻滚在颊齿间，用口水急切地一点点溶化它。

我的这种奇妙的感觉也许来自过度的疲顿、饥饿，以及过度的思念而致的神志恍惚。但我一点儿也不累，一点儿也不饿，思念倒是越来越强烈，强烈的思念此时确实压倒了一切。事实上我已经整整二十四小时没吃东西，既没吃也没喝，因为我有点轻度晕车，旅途中肠胃拒绝接受任何食品。在我跌跌撞撞走出小站时，我已经决定不在县城停留，要连夜向着那个二十公里外的小镇进发。这时候才真是"度秒如年"，这时候才真是"归心似箭"。

我先拐到县城里一个朋友那儿，我知道他是夜猫子，那个点儿还不到他入睡的时刻。我想把行李什么的暂且放他那儿，好轻装上阵。他还没有睡，对我的到来热烈欢迎，但对我连夜赶路的打算却坚决反对。他列举出种种理由。他说只有傻瓜才在这样的黑夜往几十里外赶，他说这一路不平静，经常出事，不说盗匪出没光是黑压压的那道河堤也能吓死人。他还说："现在夜这么短满共不就三四个小时吗稍稍打个盹天已经亮了到时候你干啥能晚？"但我去意已决，无论他怎么说也不可能改变我的初衷。我没有骑他推出门的自行车，我怕万一遭遇劫盗，会对值些钱的自行车想入非非，从而耽搁我的行程。

二十分钟后，我的脚步已经叩响了那道河堤，这时候我才觉出朋友的提醒不是没有道理。那道河堤确实够吓人的，十几里路没有一个村庄，堤上又种满了树木，大多是紫穗槐、白蜡条之类的灌木，一蔸一蔸的，高高胖胖，像一座座绵延的小山岭，或者其他什么。河堤的外堰耸立着几溜白杨树。我双脚正在丈量着的那条柏油路，就躺在这样的一道河堤上，伏卧在那些黑森森的树木之下。

　　白杨树在我们那一带被叫作"鬼拍手"，因为在深夜，哪怕是一丝风没有，它满树的叶片照样哗啦啦哗啦啦动个不停，就像群鬼在忘我地拍手。但这一夜没有风，连一丝微风都没有，我竖起耳朵一次次倾听，竟没听见应该听见的鬼拍手声。要是有这种声音，尽管听起来有点让人毛骨悚然，但毕竟还有声音，只要有声音，哪怕是鬼发出来的，你也不至于感到太孤独太恐惧，可怕的是什么声音也没有，没有应该有的虫鸣，也没有充斥夏夜的蛙鼓（那是条死河，河水被县城的一座化肥厂污染，水生物悉数罹难），像是这整个世界都已经死掉了。这时候我渴望听到声音，不论是哪一种声音，哪怕是向我冲来的一头怪兽，哪怕是妖魔，都比没有声音好一些，因为听到声音我才能防备，才能有的放矢地做出应对行动。可是没有声音，危险不是一种正在进行的潜在状态，而是时时刻刻在打击你，你就像野兽嘴里被翻嚼的一块肉，你没有一丁点办法对付。我忘了说了，这是个七月的夏夜，天阴沉得厉害，欲雨未雨。我没看日历，但我敢断定这一天是农历的朔日，不然天不会这么黑得像锅底似的，那才叫"伸手不

4

见五指"。走在那一群群树下，我有时恍惚觉得我没有走，而是那些树在走。我试图仰头看看天，眼睛费了好大好大劲儿，也没有看见天的模样，只瞅见几处白杨树圆锥形的梢顶。这时候我埋怨我穿了一双海绵底的凉鞋，鞋底和大地接触时无法响亮，就是我自己的脚步声，比这再稍稍响亮一点儿的脚步声，也能陪陪我那颗孤独跳响的心脏。也可能是树林太茂密深刻的缘故，吸干了我本来就不响的脚步声，反正无论我怎样用脚板撞击大地，我的耳朵仍接收不到期望的响动。

在许多人的笔下，一定是"这时一想到什么什么，就马上忘记了眼前的一切"！不，我和别人不一样，这时候我什么都没想，甚至也没想我此行的目的，我的那个她。我只想我必须走下去，必须走到那处目的地。到达目的地是我铁定的不可动摇的目的，似乎与其他一切都不再有任何关系，那最初的动因已经不那么重要，已经消失，就像一束中子轰击原子核，爆发出的强大能量让中子束自己也始料未及。我不讳言我很害怕，这个时候不害怕我觉得也未必就是英雄。我很害怕，但我自始至终没有后悔。

那时是改革开放初期，那条路还不像后来那样无论一天里的什么时候都有人，都挤满人和车。从县城走到那座小镇，大半个夜晚，我没有碰上一个人影。车倒是碰见了一辆，是吉普车，两只前灯贼亮，开得飞快。我站在路中间挥手，想让它停下来，我天真地想它会停下来的，这么黑暗而荒寂的地方，我想人见了人一定倍感亲切，一定乐于互相帮助。我还想我是学生打扮，穿着蓝裤白衫，挎着军用绿书包，不会被当作坏人的。我从来没想过有人把我当成坏人。我也是怕极了，才那么站在路上拼命挥手，看架势不达目的决不罢休。但那辆车压根儿就不会让我达到目的的，它开得飞快，即使到了我跟前也没有减慢速度的打算，要不是我动作敏捷，在两只贼亮贼亮的巨灯撞来的瞬间唰地抽开身，我相信我会在这个深夜里不明不白消失。那一堆灯光越溜越远，我重又淹没在无边无际的黑暗的大水里，但只经过须臾的失落，我的心又顽强地从水面撅出来。

在我们那一带有一句俗语，叫"远了怕水，近了怕鬼"。意思是说陌生的水不知深浅，充满危险令人害怕，而附近的每一处地方有什么鬼，大家都知道得一清二楚，和陌生的水域一样让人心惊胆战。我是在县城读的中学，这条有一多半是河堤的柏油路上轧死了多少人，枪毙过多少人，有过什么什么鬼，发生了哪些哪些一听就能让汗毛站起来的事儿，我都能如数家珍。而现在，我就在这些鬼魂丛生的地方孑然一身行走，我在想象中早已熟悉的那些青面獠牙的恶鬼就在我的身前身后身左身右跟定我。除了鬼外，我还怕蛇，一看见那种藤状的艳丽怪类我就止不住浑身筋肉乱跳，在县城读书时我来来回回骑自行车都要走这条路，不止一次看见过有蛇从路旁的灌木丛中探头探脑弯弯曲曲逶迤流出，像一溜艳乍的彩色怪泉。我知道在这样的夏夜，尤其是在这样要下雨的燥热天气里，那些蛇不会老老实实待在洞里的。迈出了这一脚，我不能肯定下一脚踩不着一条那种软不拉叽的藤类，我同样不能肯定那条被我踩痛的藤类不那么唰地甩起来，狂怒地一箍一箍缠死我裸露着的脚踝。

但没有徘徊的余地，我必须走下去。这样的时候是没有时间概念的，我不知道到底走了多久，我只知道大地在我的身子下在不住地后退，不住地后退。终于，在鬼和蛇的缠绕下，在层层叠叠的鬼影和蛇影中，一排排低矮的房屋从深厚的夜色里艰难地拱出来——我长舒一口气，我到达了一个叫庙集的小镇，就是说，我走完了三分之一还要多点的路程，就是说，我可以摆脱阴森森的河堤上的那些鬼影和蛇影了，因为那条路从这个小镇一折向南，远远地逃离了漫长的鬼魅云集的河堤。

尽管小集镇没有一丝灯光，和河堤没有任何区别，但我毕竟知道在这黑沉沉之下，有着和我一样的人，心脏会跳动，鼻孔会呼吸，而不是那些奇形怪状的恶鬼那些上下冰凉的弯曲花蛇，这已经足矣，这已经足矣！我猛一轻松。这时，我承认，我的身子荡起一道哆嗦的涟漪。刚才那么恐惧，我一点儿也没有颤抖，为什么这阵儿不那么害怕了，我却这么禁不住深深地颤抖了一次？我说不清其中的缘故。

下了河堤我轻松了许多，我竟然异想天开试着去唱一首歌，但我并没有唱出来，因为我很快发觉尽管没有了那些蓊郁的黑暗树木，可危险丝毫也没有减少。天仍是那么黑，仍是伸手不见五指，比河堤上好不到哪儿去，而且——我刚才走在高高的河堤上忽略掉了——道路两旁的田野里还长满了玉米，正结棒子的时节，密密实实的，大森林一般，照样鬼影幢幢。我又仰起脸，和河堤上比起来，上头微弱的光亮面积要大许多。我多么想看见一颗星星啊，但是看不到，眼睛瞅得生痛仍然找不到。

我是有点草木皆兵。我觉着随时都会有什么从玉米地里跳将出来。我不知道我是不是走热了，反正我很渴望起点风，哪怕是小风也好，哪怕小风让玉米地布满沙沙的声音也好，我想凉快凉快，我想听听玉米的喁喁说话声。但是没有，寂静仍是铁板一块，仍是纹丝不动，仿佛它和黑暗早已结好了攻守同盟。我咽了下唾沫，可我发现嘴里已经没有了唾沫。我没能做完一个吞咽动作。外头没有风，我的身体里却风声呼呼，刮得汗毛一片片站直，蘼出一片片鸡皮疙瘩。在我的家乡有这么一种说法，说是人身上有三盏灯，三盏在暗夜里会闪闪发光的灯，让鬼魂见了远远避开：两盏亮在肩头，一盏亮在前额。要是浑身的汗毛一竖，那是肩头的两盏灯灭掉了；假若头发梢子再纷纷支棱起来，那就是额上的那盏灯也随即灭掉。现在我知道我的让魔鬼见了心惊胆寒避之不及的灯已经灭了两盏。我真有点害怕，害怕头发梢子会在某一刹那忽地全站起来。怕鬼有鬼，念头一动，我的头发梢子唰地一下全竖了起来——有什么坚硬的器物照着我的肋部结结实实捣了一下，我痛得弯下腰，喘出去的一口气想尽办法却再也找不回来。等我喘过来那中断的一口气，头脑稍稍清醒，我的第一个念头是：这下子我完了。不但是额上的那盏灯灭掉了，还有就是过度的黑暗使我看不见敌人，既不能实施反击也不能自卫。我差一点没瘫在地上。我等待着第二次打击的来临。但是没有。四周仍是静悄悄的。我跺了跺脚，好像这样一来就能吓跑进犯者。我得镇定一下自己。我镇定了。我睁大眼睛仔细侦察面前，是的，确实有情况，借着极其微弱的天光，我看见了一头巨兽趴伏在地上，扎好了再度向我进攻的架势。

但我无处可逃，我身后的黑暗更深厚，我也不能保证两侧的玉米地没有埋伏更大的危险。上天无路入地无门，这是我此刻最恰切的写照。我的心脏每跳动一下，我的整个身体就要跟着摇晃一下。我觉着我正被无边的恐惧挤压，我正在越缩越小。我听任心跳就这样摇撼着我，站在原地一动不动，就像一株被风暴摇撼的树。但是我长等短等，那头巨兽并没有冲过来，看样子也没打算冲过来。这时候，我嗅到了那股熏脑子的气味。

这是股尸体的腐败味。我认识这种气味。我在夏天里死去的人的新坟旁闻到过，这种铳脑子的气味只闻一次就刻在了我的脑子里。接着我再次端详那头怪兽，我认出它是一具棺材，一具装盛着死人的棺材。此刻，它就那么躺在我要经过的路上。

两个小时后我将知道，这具棺材已经在这条路上停放多日。棺材里的人遭遇了一场车祸，而这场车祸的双方发生了争执，相持不下，没有处理结果，死人的家属为了要挟对方，干脆用棺材盛了已经腐烂了的人体放在路上。听说一只鸟的翅膀足以割开飞行的飞机的坚固外壳，而当时我行步如飞，携带着速度的身体撞着棺材的棱角，可想而知，作用在我身体上的力量多么巨大。我捂着仍在隐隐作痛的肋部，虎视眈

9

眈绕过了棺材。我走过去，没有再回一下头。

　　我身上的三盏灯都已灭掉了，我一下子觉得自己很矮小。道路无限宽阔，天地无限宽阔。但我要到达目的地的决心随着身体的压缩变作一粒核，愈加牢固，因为浓缩而愈加明亮。

　　这时候我想听到声音的渴求愈加强烈起来，无论什么声音都行。我需要有个声音做伴。我想唱支歌，唱一支流行的名叫《小草》的歌曲。我行走的道路边就生长着无数的小草，我一唱《小草》似乎就能得到小草们的响应。我微微笑了。我清了清嗓子，气流通过嗓子眼时没有震颤出声音。我没有介意，我想这是嗓子过度干燥引起的，并不影响接下来我的唱歌。

　　"没有花香，没有树高，我是一棵无人知道的小草……"我就想唱这一句。但我张大嘴巴却发不出声音来，无论怎么样调整气流喉咙里就是没有声音，没有我熟悉得不能再熟悉的我的声音。我拍了拍胸部，想把声音从肺里拍出来，但是没有成功。我又跺了跺脚，仿佛这样一跺脚，就能把我的声音从我的身体里震出来似的。可事实上什么也没有，我不得不承认这样一个事实——我不知道怎么弄丢了我的声音。

　　我没有了我用惯了的声音！这比我刚刚经历而且还正在经历的一切恐怖都更恐怖！我还没有过类似的人生体验，这种情况从来没有在我的身体里出现过。我怀疑是不是我已经死掉了，听说死的人并不知道自己死了，走在冥间的路上还觉得自己活着，因为冥间和阳间并没有什么大的区别，仅只是没有太阳而已。那么我现在是不是已经死了？在刚才遭遇那一下打击的时候已经死掉？如果没死为什么我没有了每一个活着的人都有的声音？我又试了试，竭尽全力想在我的身体里抖落一点儿声音，就像一个穷光蛋幻想他空了的褡裢里能抖落出一枚钢镚儿一样。我又一次失望了。这使我更加怀疑我已经死掉了，正走在没有太阳的冥间的路上。

我掐了掐大腿，大腿那儿仍能感知疼痛。我伸展手掌放在鼻孔前，马上有一团热气流打在掌心里，并反馈到口鼻周围的一大片区域。我又蹲下身子，用手轻一下重一下地抚摸大地，坚硬的柏油路面贴在我的手掌上，我触到了被车轮碾出的细碎的一粒粒石子——我还能清晰地感知这个世界的一切！我一阵欣喜：我没有死！我没有死！尽管我没有了声音但我并没有死！

当一个自己认为已经死去的人得知自己并没有死的消息时，就像一个癌症患者突然又被医院告知发生了误诊，他患的仅仅是一次重感冒。那种巨大的幸福是任何一个置身事外的人永远无法体会的。

我没有死，我能在暗夜里辨出一样样熟悉的景物，它们递次从我的身旁掠过，尽管黑黢黢的我仍认识它们。我就这样交织着恐怖和欣喜，听凭本能的驱使走下去，又走了将近十公里。天色微明时，我终于敲响了我朝思暮想的那扇亲爱的房门，很快，朝思暮想的那张亲爱的面孔印着合不拢的惊讶出现在我面前，但这一次是真真切切的，不是想象的。一天两夜的苦苦挣扎使这张面孔不再在几千里外，而是千真万确地仅在不足一米，不，是不足一毫米的距离之外。

但此时，我的浑身上下都漉得水湿，像一只从暴风雨中一路飞过来的鸟。不知是汗水还是露水，我只站了那么一会儿，那门口的地上已经淌暗了一大片水痕。

　　也不知道是什么时候，我的声音在我的身体内重新出现，当它从喉咙里飞出来时，仍像从前一般明亮，尾巴上闪耀着金属的光芒。

　　丢失了声音的恐怖是恐怖的极限——此后在这个世界上，我再也没怕过什么。

初　醉

　　早饭之后又过了一会儿，他仍然没等到该动身的时刻。他要走亲戚，但现在为时尚早，那个村庄离他家在的这个村庄也就是三二里地的路程，抬抬脚就到，要是去早了，又得陪人说话。他在这个年节里已经陪着太多的人说话，他觉得已经说得够多，不想再多说了。他要等到太阳接近正南的点儿上时动身，他决定还是骑车去，倒不是为了加快速度，也不是为了省脚力，而是想尝试家里的那辆自行车。自行车就站在院子一角，明晃晃地闪耀着诱惑，偶有一根阳光碰着了镀镍车把上某一点机关时，一束强烈的光芒就趰射出来，仿佛太阳浓缩成一个点，而这个点就藏进了那白亮的车把里。这车不是新车，是父亲刚刚购置的二手车，有七八成新，也是不可小觑的家产之一。家里添了这么个大件，他常年在县城上学，不轻易在家，在家时当然要不耽误时辰，不时地练练。他的车技一般，但这辆七八成新的自行车能让他的水准迅猛提高。在平坦的道路上，他已经能够松开一侧的车把照样让车子飞快地前进，要是再给他一周的时间，他肯定能松

13

开两侧的车把。他们把松开两侧的车把让自行车稳稳地飞跑叫"大撒把"。大撒把是一种本事，不是每个骑车人都能大撒把的。骑车充其量是小米加步枪，而大撒把则是原子弹导弹，两者不在一个级别上，不可同日而语。大撒把需要高超的技艺，但他已经差一点就熟练那技艺了，所以他要不时尝试，锻炼，争取在寒假开学之前达到双手揣在胸前骑车和扶着车把骑车一样轻松自如，让自行车成为他身上的一个部件，就像他的腿他的胳膊一样随意动作。

家里人都出去了。父亲不听规矩的管辖，没过正月初十照样去田里劳作，他那闲不住的心思和他闲不住的双手一样，缠绕上了红薯育秧，于是坐卧不宁，只有去田里才能使他安然。母亲和妹妹们也都不在家。东偏房的阴影遮覆了大半个院子，角角落落充满不被打扰的安静。他端来一盆水，找出一块旧布擦拭自行车。他仔仔细细地擦，不漏过一个零件。他甚至折叠布角探进转动部件的狭缝里，试图粘出那些看不见的土尘灰粒。自行车像一只被伺候的狗，他甚至能听见这条狗伴随着他挠腾它的动作发出舒服的呻吟。洋铁瓷盆里的清水变浑，渐渐发黑，同时自行车愈显出明亮崭新，像是刚从车铺里推回来的新车似的。阳光柔和，但已透露出一丝温暖，他冻得泛红发僵的手指略微显出了灵活。天依然寒冷，只有晌午的时候才嗅出春天的气息，有暖和的感觉。但一切都很美好，美好得不能再美好，尤其是初午的阳光一照，热和和的，人还是有点晕，有点懒，舒服得不行，就像这辆被伺候着的自行车。一切物事在这个春天都感到舒服，尽管这是初春，春天还没有大张旗鼓来到，充其量只是春天伸了伸脚试探一下，但对刚刚还处身寒冬的人来说已经很受用。春节就是春节，确是春天的开始，过与不过这道门槛就是不一样，连风也变得柔和，连水也变得不那么砭手了。阳光渐渐扩大着地盘，压缩着东偏房伸出来的阴影，他的心被阳光下的一切事物俘虏、融化，他觉得这一切都无比明朗和谐。

他把自行车擦了两遍，直到因为干活他的身子发热，他的手即使浸泡在冷水里也不再感到冰冷。他的脊背上汗津津的，差点儿都有点粘衣裳了。他站起来，在院子里走动，眼里是明晃晃的阳光，走到房檐下的背阴处时眼前能看到蓝的黄的红的彩虹。虹彩闪烁一会儿后，他才能再度看清景物。但一离开阳光寒冷立马又围簇上来，逼他又走回太阳地儿里。他伸伸胳膊和腿脚，筋络通畅。仰脸看看太阳，仍然没到他走的那个位置。他决定再干点什么，但时间不太充裕，甚至不再允许他骑车去村南的那条横路上这头冲到那头。他决定不出去练车了，但他有点口渴。尽管没有干太多的活儿，没有出太多的汗水，他仍然习惯性地有点口渴。他有喝水的欲望，但并不是真渴，于是他灵机一动，走向了屋子里的那口大缸。

那是口黑陶缸，安安静静待在里间的角落里，像是要躲避年节的热闹，像是要设法回到它当初来的地方去。那口黑缸外面上了一层釉，映着不大的方形窗棂透进的光亮发出幽明。缸体颇沉重，需要他屏一口气双手扶抓着一点一点朝外挪蹭。他不敢太用力，怕缸里的物件晃荡迸溅出来。其实他根本不可能用上力气，因为一摞不知要做什么用的锯开的木板斜棚在缸的上方，低矮窄狭的空间让他有劲使不上。缸体艰难地磨转，终于露出了半个缸口，这样便于操作。他解开勒得很紧的缸口的麻绳，揭去好几层塑料薄膜，再掀掉一层略略发黄的白粗布，于是比釉层更黑暗的缸口袒露出来。他嗅到了一股清香，他能感受到那黑暗的液体，像幽深的清凌凌的水，像一池幽潭。他将手伸进缸口内，伸出两个手指触碰，转了半圈他的手指就捏住了那柄白铁厄子。长柄是铁丝捏制，厄桶有拳头大小。转动厄柄的时候他感受到了沉实的阻力。缸里满腾腾的，全是那种解渴的液体。不是水，但比水解渴的功能更强大。他提起厄柄，避过上头的斜木板，让厄桶顺畅地越过缸口。他屈起胳膊肘，俯首嘴唇接触到厄桶沿，接着他尝到了那种液体的滋味——凉得有点镇牙，但凉里透出一股甜，透出一股香。他有点喜欢这液体，顾不了太多，他滋溜咽下了一口。不错，他真正尝到了甜头，当那液体顺着胸骨后头淋漓直下时，他猛觉畅快。当你渴急的时候，喝了第一口解渴的水后会感到更渴。他又抱起一厄，又轻快地喝掉。第二口的时候那股甜香浓烈起来，而且舒服起来，不像第一口有点异样。他舀起一厄子，一举胳膊叽溜一声喝光，然后再接着一厄子。他把这陶缸里的液体当成了夏天里街上卖的浮子酒，那种叫酒的液体透出薄甜，但口感却甚好，喝了还想喝。当缸里的液体差不多填住了胃里早饭留下的所有空隙时，他的渴意稍解，这时他有点称赏父亲了。父亲还是身手不凡的，他没有做过这种被称为"明馏子"的米酒，但他竟然做成了浮子酒，喝着这么甜香。这缸米酒是父亲秋天的杰作，但全家人对父亲贸然做酒都不信任，觉得他只弄些谷子蒸熟拌上酒药是不可能做成酒的，只是让水变变味罢了。所以谁也没拿缸里的液体当酒，连大年初一谁也没有打这口黑缸的主意。这不过是浮子酒罢了，一种夏天里解渴的饮料，类同酸梅汁。直到走出院门，他一直把那缸液体当成浮子酒，当成父亲做酒不成而做淡了的浮子酒。当他推车迈出家院的门槛时，他觉得畅快是从身体内部荡漾生长，而且正在越长越多。他已经有点憋不住。他觉得他的畅快太多了，他想笑，想向所有的人，不，是整个世界表达他由衷的欢欣。

院门上的红纸黑字的对联送旧迎新，平展展趴附在门框门头上，趴附在门心上，他走过时脸膛都映红了。走过了他又扭过头来，看一侧门框上的红纸，那纸已经不服粘贴它的糨糊管辖，已经掀起了一角，哈朗朗笑他。他想站稳自行车过去揍它一顿，但一想还没过正月十五，没过元宵节，对联是不兴撕掉的。便宜了它，让它白笑我一回。他悻悻地推着车子走开，他拐过村街，朝村南走去。他走的路还蛮对头，大方向不错。狗记路猫记家，他对去亲戚家的路还是闭着眼睛不会走错的。他歪歪仄仄走到村口，他想停下来找个人搭搭话，但是没有看见人。"人都死哪儿去了？"他骂一声，人没被他骂出来，他也就把村口抛在了身后。村南的那条纵路没有问题，他一骗腿坐在自行车上稳稳当当，两条腿成为曲轴，划动着车镫子。一切好得不能再好，当自行车走动起来时轻风开始唱歌，而且阳光好像多起来，一明一明，他有点目眩，有点睁不开眼睛。闭着眼睛路也不一定走错，这一点他有百分之百的把握。他也不会被轻风或者阳光误导，干脆不走亲戚了与它们在旷野里呜呜啦啦拉话吧。不，他是谁，他不会受它们蛊惑的。问题出在了自行车上，他明明朝前对准路，但车轮总是朝路旁的田地里冲，他有点力不从心。自行车不听话，它为什么不听话了呢？明明清早擦洗它时它还百依百顺，他妈的就这么点时间它不是它了，就叛变了。

　　他真想踩自行车一脚，但并没有等他实施行动，车子已经先行一步将他抖落在麦田里。是的，他是栽倒在麦田里，而不是明光光的道路上。麦田里的土壤在冬天里冻透，又在春风里率先融化，暄虚轻软，像是轧过的棉花，自行车一拐进田里，车轮就深陷下去，几乎瘗埋了半个车轮，别说是他，任谁也不会骑动半步的。麦苗凉丝丝的，摸摸他的脸颊，拂弄他的耳朵，有一支麦叶竟然钻进了他的鼻孔一探究竟。他闭紧眼睛，因为他觉得大地在侧翻，像是要存心抖掉他。他是一只壁虎，一不小心爬进了人家吃饭的餐桌上，人家根本不屑于拿一根小树枝拨拉掉他，而是干脆翻转桌面。他在掉下去掉下去，还好，他并没有掉下去，当他睁开眼睛时，他又看见了面前招摇的碧绿的麦叶，仍然凉滋滋的。他还看见了晃动的阳光，看见了无垠蓝碧的天空，他怀疑是做梦，但听说梦境里一般是没有阳光的，确实他也记不起来是否做梦见过阳光，他使劲回忆仍然记不起来。他感到温暖，浑身像是着了火，使这料峭的初春有了夏天的意味。他甚至怀疑自己是不是已经变成了一只羊，因为麦苗就在嘴边，翠嫩的麦苗，散发出清芳，有着诱人的形态和气息。他错动牙齿，张开嘴。他本来是想啃一口麦苗，但张开嘴后却逸出了一声朗笑。笑完以后他还是像羊那样略微歪仄一下脸，啃了一口麦苗。但他立即吐掉了麦苗，因为随着一阵震耳欲聋的嚼动，苦涩溢满了他整个头部，并且向全身弥散。不是他吐掉，而是口腔出于条件反射清空了刚刚嘴嚼翻动两次的麦苗，而且他竟站了起来，歪歪仄仄站了起来。他跟跄了两步，又趔趄了三步，竭尽全部力量站稳在麦田里。他站稳了，看见了躺在不远处的自行车，也看见了自行车后架上歪仄着他走亲戚的竹篮子，如今系绳变松的竹篮子已经脱离自行车，已经侧翻，篮子里盛放的馒头、馃子、麻叶儿一应礼品有一多半躺在麦田里。他明白今天走不成亲戚了，他明白不是在做梦，似乎发生了一些事，但具体是什么事儿他有点不能肯定，但肯定与自己有关。为什么是这样？我为什么是这样？他想想清楚，但一时又想不清楚。后来他无端地觉得是自己喝醉了，至于是怎么喝醉的他有点记不清了。但他知道自己喝醉了，这就是醉。但欣悦是发自身体内部，发自骨子里，他仍然想笑，哪怕是轻笑一声。

　　他艰难地挪动沉重的脚步，离他的篮子尽可能远一些。他的小腹发胀。他缓慢地一丝不苟地解开裤带——他竟然不会解裤带，忘记了解开他极其熟悉每天都在操作的他的裤带环扣的技巧了。他停顿了一刻，最后想起来应该先拽一下带梢，然后滑动环扣，于是裤腰开始委颓，他裸露了该裸露的部位，让紧张的腹部尽情松懈。那真是一阵轻松，当你被一件事情折磨很久而终于这件事情一下子被扔掉时你的轻松真的无法言表。他又一次想笑，而且又一次笑响。他的笑声比风的呜呜声更响亮，比水流击打麦叶的声音响亮，他为自己的笑声自豪、骄傲。他笑了还想笑。

但麻烦事儿还是接踵而至：他系不上他的裤带了，关键时刻他的裤带环扣出了毛病，掉链子了——在他危难之时他的裤带竟然系不上了，而这条裤带从来对他忠心耿耿没有出过半点毛病。他有点生气，他不想要它了，但后来一想他不能不要它，尤其是此刻，他要是不要它就只有不穿裤子一条路。他咕哝了一句骂人话，然后又开始做说服裤带的工作。他磕磕绊绊，还好，最后裤带还是不大情愿但也没有太违抗履行职责圈住了裤腰，但明显没有束紧，随时都要滑脱。他没拉上裤子前开门上的拉链，裤腰上的襻扣在刚才与裤带搏斗的过程中被撕岔，裤子的右开襟就从前门掉落下来，呼扇呼扇像肚子上长出了一只软塌塌的翅膀，像老太太拴错了地方的一块鼻涕布。走不成亲戚了，走不成亲戚了。不是因为其他，是因为这条裤带。他打算打道回府。他开始扶起他的自行车。自行车一次次朝后退却，要躲开他，但他还是坚持扶它起来。他说："你干啥啊，你干啥啊。"说着就像嗔怪并怂恿一个人做事一样终于让自行车斜着身子站在了麦田里。他动手寻找篮子里滚落的礼物，无奈麦苗已经漫过脚面，有些果品啊什么的钻在麦苗底下，和他捉迷藏。他没有找到太多的东西，反正他知道是不够数，但他不想找了，他想离开这地方。他想在路上骑车，在自行车上笑，大笑。尽管他说服自行车重新回到土路上去颇费周折，但最终他还是把它弄回到土路上，而且他开始试图骑上它，像每次一样坐在那神气活现地隆起的座位上。

真是翻了天了！自行车竟然不听他的话，有点看他的笑话。当他双手推着自行车快走几步助力然后要脚踩蹬子迈起一条腿骑上它时，它突然朝前奔跑，不受他的指令猛地趱走，挣脱他的手，让他扑了个空。他跌倒了，自行车因为动作太猛当然也跌倒了，还哗啦哗啦大声辩解呢。车就躺倒在他的面前，架空了的后轮在咯咯咯咯一个劲地转圈，像是道歉，但更多是嘲笑。他有点恼羞成怒，他爬起来狠狠踩了一脚自行车，自行车委屈地呻吟了一声，他也没觉出怎么疼，但再走路脚需要一跳一跳，不然身子就朝一边仄歪。他的脚也许崴了。他又觉出鼻梁上有点痒，有点麻酥酥的，像是爬着一条虫子，就像平时哭泣时泪水顺着眼角爬下来一样。难道他哭了？这不可能，因为他现在还想笑呢。他举起手背抹拉了两下，于是他看见了手背上沾染的鲜红——啊，是他受伤了吗？不可能！他没有觉出疼痛啊！也许是自行车受伤了，但又一想自行车不该出血，不会鲜红的。他开始侧棱着额头伸出几根指头探查，他怀疑是头被磕破了。仍然没有疼痛，但根源还是找到了：在他的额头正中间，他摸到了那处伤口，浅浅的，只有抚摸时才能感觉到那哆开的伤口的存在，小小的沟壑稍微硌手。他是受伤了，这一点确定无疑。于是他不想再骑上不听话的自行车，他受伤了还是想笑，因为受伤了也不疼，多好！他又举起袖子朝伤口随便抹拉了几下，想擦净血迹，但只是涂抹得面目全非，适得其反。他推起自行车，满心欢喜往村子里走，因为此刻风扫残云，他已经彻底忘记了伤口和血什么的不快。

他一瘸一拐，有点跟不上自行车的步伐，好几次差一点又给甩掉，又要跌跤。还好，最后胜利还是属于他，经历千难万费劲儿，他最后还是走进了村口，站在了村街上。村子里这会儿已经有人走动，不像早饭前后那样冷清。他看见一个人朝他走来，但看不清是谁。"翅膀。"那人叫他。那人是他的堂哥，个头矮矬，敦敦实实的，一侧的脸上靠近眼角处有一刀横肉，一笑最明显。堂哥好战，平时一听打架马上就眼睛放光。堂哥是跑到他跟前的，探着身子伸着头端详了一下，马上进入一级战备状态，大嚷："哟，是打架了啊！谁打的？——哟，满脸是血！"堂哥抢过他扶着的即将歪倒的自行车，扎稳到路旁，两手抓着他的肩膀再细细端详。堂哥睁大眼睛，呼吸开始变粗，朝他来的方向大骂："狗日的，下手不轻呀，是按死里打的啊！——走，找他去！"

村街上开始有人往这儿围簇，最先来的一个说："问清再说。"他能存住气，他走近翅膀，浑身上下摸他，看骨头断了几根，殷血湿热几处。然后又弯着腰仰着头探究翅膀的脸，问："翅膀，你跟谁打架了啊？"

他的脸成了花狗脸，横一道竖一道全是紫紫黑黑的血，但紫黑之下漾出笑意。"打架？"他说，"我不知道啊。"他看看几个人，满心喜悦，他眯缝着眼仰着脸又得意地说："嘿嘿，跟自行车打架啦！"

"噫嘻——打着脑子了，肯定打着脑子了！"堂哥浑身都是焦急。堂哥断定是打了大架，因为春节一过村子里天天都有打架事件，出外打工回家过年的年轻人找不着事儿干（当时刚时兴打工），手脚发痒，喝高了迷魂汤，不打架才怪呢！这个村和那个村打，找不着对手就同一个村窝里打。年轻人打架蔚然成风，是年节里的一景。

那个能沉住气的人若有所思，张开鼻孔在嗅，就像一条在找东西吃的狗。他找到了，一脸不屑。他说："你喳聒个啥！你闻闻——是喝醉了，酒气冲鼻子。"

"不可能，"堂哥说，"他压根儿不会喝酒。他才上中学，他还没过十五岁哩！"堂哥对那人的解释不满，但临战状态已经解除。

不过堂哥很快否定了自己的看法，因为他趴近他的面孔张开鼻子，马上眉头就皱了起来，"怎么可能呢？"堂哥的表情松弛，自我解嘲，"谁家兴一大清早喝酒呢，要喝也得晌午喝啊！"

堂哥扶着他，另外的人推着自行车。堂哥边走边咕哝："你怎么喝醉了呢？你又不会喝酒。"

但他只是想笑，他觉得喝醉也罢不喝醉也罢真的都很好笑。

被鬼喜欢的孩子

据说四爷是个极爽朗的人，高个头，白净子，说话响亮，很受人爱戴。但四爷最突出的性格是喜欢孩子，他的周围总是围聚着一帮孩子，很少见他形单影只没有孩子们身影的时候。似乎他不但喜欢年龄大些的孩子，还喜欢刚刚出生的小孩子，比如我。我很幸运，在出生的时候四爷还健在，而且还与我有亲族关系，是我爷爷的六兄弟之一。我爷爷在六兄弟中排行老大。有一个发自内心喜欢自己的长辈，对一个刚刚流落在这个尘世上的孩子来说，是多么多么幸运的一件大事啊。

我的小名叫童心，是四爷给我取的。为什么叫这个名字？后来大人们都说这个名字好听，又为什么说好听？我一概不得而知。而说实话，我并不喜欢这个名字，也许是我素来不喜欢太熟识的事物，总喜欢新奇与陌生的缘故。这名字时时刻刻跟着我，早让我烦了，我当然不喜欢。但无论我喜不喜欢，这个名字却影响深远，整整主宰了我的一生。直到今天，我的心仍是一颗孩子的单纯的心，复杂不起来，看样子以后也难以复杂起来了。有人说姓名与一个人的命运性情息息相关，从我的名字这儿，我获取了些许例证。

据母亲说我来到这个世上刚满一月的时候，浑身胖鼓鼓的，甚是富态逗人，四爷坐在我家堂屋当门的绳襻软床上，抱着我，有点爱不释手。当时他刚喝了一点儿酒，或者说正在喝酒（许是我的满月酒），于是他就嘴对着我的小嘴，悄悄地略吐丝缕。四爷爱酒，一定是以为这么好的仙物，得让我见识见识，让我尝尝。当时我的舌头包括嘴唇都还没有被尘世的风霜麻木，我对一切新奇的东西都感到陌生而可怕，突然之间莅临的杯中物令我难于消受，我闭起眼睛打了个喷嚏，而且全身猛一颤抖，不，是抽搐，然后——就大哭起来。我像是怀着欢喜的心情来到人世却被人世迎头痛击，哭得淋漓而伤心。我一直哭闹下去，而且不知是酒对我的钟爱还是因为痛哭的缘故，我浑身潮红，赤头酱脸。我想我是醉了酒。四爷很没趣，好心办了坏事，一副手足无措的愧疚模样。在刚入场的时候就赤头酱脸地醉过一场，这是不是对我今后的人生大戏产生了影响？——我同样不得而知。

当时的我被大人们抱来抱去，粉嘟嘟的肌肤，黑漆漆的眼睛，身上的无论哪个部位都胖鼓鼓的。而且很快我就辨认出了不同的人，只选择我喜欢的人亲密而拒绝另外的人，一副憨态可掬相。我和四爷很有缘分，醉酒之后有段时间我痛恨四爷，只要他一抱我只要嗅到他的气味我就大哭不止，而不久我就遗忘了当初的痛楚笑逐颜开了，四爷抱在怀里逗我的时候我会大笑，应和着他的笑声应和着他的需求一笑再笑。

大人们都很满足，四爷更是满足。但现在要是四爷活着，我告诉他我压根儿不认识他，不记得他的模样也不记得他的声音，不知他会怎么想。孩子要长到四至五岁才有长久的记忆，我自认为记忆力极强，但在一岁的时候也不可能记住这个世界的任何物事。之所以有些人没被忘掉，是因为这些人在之后的岁月里仍在重复出现，而四爷，他已适时消失。四爷死的时候我还不足四岁。所有关于四爷的事情我都是听大人们说的。我不记得四爷的面相，不记得四爷的任一件事，记住的则只有他的死，和他死后对我像当初喂酒一样的"疼爱的虐待"。

弥留之际四爷想看看我，想让我走上前去和他亲热，就是不亲热他，能走到他跟前让他看一眼让他摸摸他就满足了。他要用他那双被高烧熬干了汁液的病手抚摸一个他喜欢的孩子，作为这个世界的最后记忆。这时四爷已经昏迷了两三天，只是偶尔清醒一阵儿，随即又进入昏睡状态。他想看我的那个上午他忽然像痊愈了一般，自己从麦草荐子上坐起来，甚至还喝了一碗鸡蛋汤。他责怪他的小儿子暑头把他挪到了堂屋当门的草荐子上。所谓草荐子其实就是一层薄薄的铺在地上的麦秸，弥留之际的人都要躺上去。这是家乡的规矩，仿佛只有这样被庄稼托送着，灵魂才能安全顺畅地长驱直入另一个世界。暑头叔还有他的哥哥秋明叔都面有喜色，觉着四爷的病这一回是真要好了，他们一个多月来求医问药的奔波终于有了收获。堂叔们道行浅，经易的事情少，不清楚回光返照是怎么一回事，而四爷当然明白更深的人生道理，他明显有点不相信自己，他坐在草荐子上，对暑头叔说有点想我了，有一个多月没见了太想看看我了。

其实四爷是在试验自己是不是正在回光返照。他当然是听别人无数次讲过回光返照，可一旦来到自己身上，他就有点迷茫，弄不清这会儿的一身轻松会不会就是生命之灯熄灭前的最后一耀。故乡有这么一个说法，说是小孩子的眼睛最真，能够看穿世界，不但知道阳间的事情也知道阴间的事情，不但知道现在还能知道未来。一个人要是即将诀别人世的话，他的身上阴气就浓重，小孩子无论怎么都不会到他的跟前去，哄也哄不去。我的表现很令大人们失望，更令四爷绝望。我被抱进四爷家的小土院门口，死活再难让我前进一步。像是四爷家院子里放着一只炮捻子正滋绽火花的大爆竹，马上就要爆炸就要发作吓人的绝响，我必须赶紧逃离！我死命地推开拉我的人，我在母亲的怀抱里打滴溜，撒泼。要是谁胆敢强迫我，我的号啕大哭不依不饶就从嘴里茁壮成长，伴随着哭声的是满脸横流的泪水，仿佛我的小身体是一座蓄量丰沛的水库，随时都能轰隆哗啦决堤。我软硬不吃。大人们干瞪眼，没有找到制服我的合适的办法。

后来总算把我哄进了院内，是用四爷的女儿绫子姑养的小白兔做诱饵，放在院子当中，而且拿一把麦苗（是初春，田野里都铺满厚绒绒的麦苗）逗弄那只红眼睛的活泼的小兔。蹦蹦跳跳的小白兔抓挠着我的心，我忘记了或者是忽略了可能的危险，怯生生地踱进了院子。有人递我手里一绺麦苗，让我兴高采烈喂小兔。小兔尝了尝麦苗，又悄悄舔了舔我的小手，提醒我不要大意失荆州。我警惕着。果然绫子姑掂起了兔子的双耳，说它渴了，要让我喂它水喝。绫子姑扯着我的手，我胆战心惊地顺从着，但眼睛一直骨碌碌没闲着。一发现是走向堂屋，我挣开她的手一下子跳开了，我指着院子东侧的厨房，示意绫子姑水在那儿，我们走错了方向。但绫子姑不听，用柔润得几乎能融化坚冰的声音告诉我小兔要喝茶（我们称开水为茶，称冷水才为水），而茶壶在堂屋桌子上呢。她指给我看，我一下子对喂小兔喝水这件事丧失了兴趣。没有商量的余地，我甩甩手一尥蹶子冲出院门，谁也拦不住。像一条没有木质化的青绿嫩枝，幼小的我还没有充分社会化，不会照顾别人的情面，不愿承载也承载不了除自身的生命之外的任何额外分量。

四爷是着雨后得的肺炎，应该是大叶性肺炎，现在随便哪个医生都有治好这种病的能耐，而当时堂叔们磨穿了鞋底跑断了腿，也没有寻觅到让大叶性肺炎望而生畏的杏林妙手。有一位自称可以和华佗媲美的名医认为既然肺属金，四爷又咳出大量的像是掺了铁末子的锈痰，四爷的肺一定是上了大锈，"大约有半指厚"，"肺里的机关差一点儿就要锈死了"；他给四爷开了好几剂虎狼方药，都是以上等磨镰青石做引子（他可能对一种叫王水的化学制剂所知了了，否则四爷就得尝尝这种别说铁锈就是金子溶化起来也不在话下的超级液体了）。四爷整天高烧，佝着胸咳嗽，仿佛他的身体里点燃着一堆好劈柴，一边噼噼啪啪燃烧一边号叫。火焰耗干了身体里的水分，四爷最后只剩下几根没有烧完的柴火柈子顶着一张皮，像是搭得不像样子的一顶帐篷。然后他就回光返照了一次，然后就理所当然地挤进了另一个世界的新鬼队伍。

记忆像被时间漫漶消蚀了的电影胶片，是间间断断不太连续的影像与场面。四爷的棺材和围拢在棺材周围的人是记忆开端的不多几个画面之一，那口黑漆棺材漂浮在雨后初晴的黑压压的人群之上，被人群裹挟着荡向村外，棺材后头拖着大白尾巴——那是缞衣麻服的送灵的人们，其中应该有绫子姑、暑头叔；秋明叔是长子，走在棺材前头手扶一根刚从树上斫下的新柳棍（墓前举起魂幡之用）"领棺"，还要在村口双膝跪地哐啷摔碎一只小红瓦盆（那只瓦盆叫老盆，是四爷进入另一个世界时喝迷魂汤用的，每个子女都要亲手在盆底钻一孔洞眼，好让汤汁漏掉，让四爷少受迷惑，不至于完全遗忘对这个世界的记忆）。记忆里只有画面没有哭声，是真正的无声电影。我的记忆为什么忽略了作为重大细节的葬礼上的哭声？是记忆出于什么目的的一个把戏吗？不得而知。

我和姐姐，或许还有别的什么人，站在一堵倒塌了一半的墙头上隔着一口大坑观看送终的方队。我怀着兴奋的心情，觉得那儿人真多，真是热闹。是不是出棺是一场类似玩马戏一样的闹剧，新奇别致，一次次粉碎已经足够新奇别致的日常生活？我太喜欢热闹了，热闹紧紧攫着我的心，我想到棺材的周围去，起码也得离得近一些。但是大人们不让，我只能眼馋地远远张望。那时候我根本不知道那只热闹的棺材会与我有关，那里头躺着的人临躺进棺材之前很想见我一面，但我却没能满足他这个小小不言的愿望。

小孩子不可能明白死是什么，四爷死后"头七"（第一个七天）未过，我又想去四爷家玩了。我想念绫子姑，想念那只小白兔。我觉得四爷家一度阴阴沉沉的院子已云开雾散天日重现，阳光已照得小白兔的眼睛更红，绫子姑穿的那件斜襟蓝洋布布衫也更鲜艳。我央求姐姐带我去了四爷家。我们在没有了四爷的四爷家疯玩，屋里屋外地和小白兔捉迷藏。绫子姑初开始不待见我，但当我仰着脸问起她为啥鞋脸上要缝那么一溜白布而且顶上那么难看的粗布白头巾（长辈去世儿女要戴一百天的热孝）时，她吸吸溜溜抓着我清白无辜的小手大哭了一场，哭过之后就又一如既往了。绫子姑哄着我玩，而且有一次调皮的小白兔想蹬我的脸我吓得浑身乱颤大喊大叫时，她竟发出了我已有些陌生的清脆笑声。

　　人变成了鬼，喝过了迷魂汤，就会忘记这个世界的事情，甚至忘记曾经走过的路，他因为少喝了泄漏的迷魂汤只能记住部分这个世界的往事。四爷念念不忘地记住了我，但他一下子不知道该通过什么途径才能见到我。他忘记了去我家的路，否则他死后第一件事肯定是要来看看我。我去了他曾经住过的家，他的魂灵还没有走，或者还在那个家里徘徊，于是他也就附在了我身上，跟着我来到了我们家，就像他生前一次次来我家一样。他一定是先在我家堂屋当门的那张绳襻软床上坐一阵，然后把我拉到跟前，给我做一做吓人的鬼脸，或者变一变让一根筷子贴着伸开的手掌却怎么抖也掉不下来的戏法；因为在另一个世界开了眼界，做鬼脸和变戏法四爷已经不屑为之，现在他开始全新的游戏——他让我浑身瑟缩成一团，既不敢动一动也不敢睁一睁眼睛。也许那是他们那边表达疼爱的一种新奇形式，只是我无法消受而已，就像他曾经喂我我无法消受的美酒一样。

那是夜半时分，我在熟睡中突然就发出了恐惧的呻吟，我瑟缩着，就像一只受惊的刺猬，竭力缩紧身体。煤油灯点亮了，家里人全给吵了起来。摸摸我的脑门不热，身上也没有受伤的部位，但就是任谁叫也不睁眼睛，小身子蜷曲成一团不住地痛苦呻吟。因为四爷新死，奶奶首先想到了四爷，奶奶说："会不会是他四叔？他疼爱孩子，就回来瞧瞧了。"母亲立即追问领着我到处玩的姐姐，白天里去没去过四爷家。姐姐睡眼惺忪地承认了。于是真相大白，父亲马上去叫暑头叔和秋明叔。暑头叔和秋明叔在第一时间赶到现场，并且立即采取措施。他们点着了几支线香，嘴里嗫嗫嚅嚅地呼唤着四爷小声祈愿：别吓着孩子，深更半夜的。你还是回去吧，让孩子长大好给你送钱花（送纸钱）！一群人边祈愿边往外走，他们是在送看不见的四爷的魂灵。四爷肯定也老老实实地跟着，一副好心办错事的手足无措模样。等到他们走到了村口，并且在暗夜里点燃明亮的纸钱，火光一闪，缩在床角落里的我马上舒展。我停止了呻吟，身体像蜷曲着的嫩芽展开。我睁开了眼睛清醒过来，并且要水喝。我实在是太累了，浑身疲乏难耐。我在大人的怀抱里坐了一会儿，闭着眼睛喝上几口端到嘴边的水，头一歪别就睡熟了。我等不及父亲和暑头叔清明叔他们回来，一个人顾自深入梦乡。

阴间到阳间一定路途坎坷，四爷新去，违犯了那边的规条会不会受到严厉惩罚？不知道。但四爷的犟脾气是出了名的，没有什么能够约束住四爷，来了头一回，就不会没有第二回。第二天夜半时分我故伎重演，睡梦中发出痛苦呻吟，在床上佝挛成一疙瘩，任怎么也不能使我伸展。于是又去叫暑头叔清明叔，又呼唤着四爷一同去村口点燃火纸，顺理成章，我也就立马火闪病除，安安顿顿沉入梦乡。日子在老老实实持续着。四爷有时隔一天，有时隔两天来看我一次。是不是四爷屡教不改，最终惹烦了那边的头儿——被称为"阎王爷"的那个大鬼？反正一个多月后四爷消失了，忘记了我，彻底忘记了我，直到今天也没有再光临过一次。

现在我已走在人生的中途，人终有一死，我也不能例外；天假以年，我也还只有几十年的活头儿。既然四爷在死后能来到人间，来到我的身边或者说身上，那就说明冥间是存在的，人死后并不像灯盏一样灭掉也就消失了，而是去了另一个我们尚不知道但确实存在的世界。在那个世界上，隔着时光的氤氲雾气，要是我与四爷陌路相逢，他还能认出我来吗？

而就是认出了我来，又能怎么样呢？四爷不能使时间倒流，不能让我再拥有哪怕只一天待在襁褓里的日子。爷儿俩相认，最初的欣喜一过，肯定会落于世俗的套路，无话可谈，貌合神离——这样的相认哪有现在好：在想象中亲密，在冥茫的记忆荒漠中深情交谈！

一想到亲人相见的可能景象，失望的迷雾就会围裹我。不单单是失望，更多的是心的失落。

摸一摸闪电的滋味

　　我喜欢闪电，喜欢得不得了，从孩子时起已经这样了。我做过许多许多关于闪电的梦，但所有的梦都只有一个目的：我抓住了闪电，三握两不握把它扭成一团，赶紧藏在口袋里或者其他什么我认为隐蔽的地方。事实上我从来没有达到过这目的，那些徒劳无功的梦结尾只有一个：我把闪电抓在手里，三握两不握，我自己蛮有把握，觉得这一次终于成功了，闪电终于跑不掉了，可等到最后，我仍然发现手里什么也没有，在我又握又扭的时候闪电已经消失。抓不住闪电，我就去喜欢和闪电差不多的事物，聊作弥补。比如我喜欢看盛怒中的人，我喜欢看他脖子里血脉偾张，面孔红光迸发，平时狭长的双眼一下子变圆，脸颊上有时还有肉束一跳一跳的，胡子头发什么的也马上跟着支扎起来……这简直太有趣了。我总觉得闪电和发脾气的人之间有某种神秘的关联，但到底是什么，我也说不清，我只是这样感觉，而且我认为不但我一个人这样感觉，许多比我更聪明的人也早已感觉到了，要不我们的老祖宗就不可能发明"大发雷霆"这个词儿——闪电和雷霆还不是一码事！

好了，不多说了，咱们回头来看看今夜的闪电。今夜的闪电似乎更亮堂、更遒劲。此时已经凌晨一点，尽管一丛丛疾雨斜斜地潲过来，差不多都打在我跷起的二郎腿上，不，是二郎脚上，但屋子里仍燠热难耐。我觉得唯有我的那只跷起的脚在享福，微微有点凉快，而我身体的其他部分都在冒汗，像是在和外头的疾雨比赛。我把藤椅又朝外挪了挪，我的膝盖以下的部位马上布满湿漉漉的凉意。这种凉意不是风送过来的，而是稠密得像竖起的河流一样的大雨辐射过来的。风压根儿就没有，没有一丝。雨墙阻挡了一切。

但任什么也挡不住闪电，"唰"，世界全给照亮了，发蓝的银白灌注进了每一个旯旮儿。只要闪电一出现，我就可以什么事儿也不干（通常是这样），闪电一来能一下子霸占我，搂紧我，轻而易举让我成为她（让我把闪电当作情人，用"她"而不是"它"来称呼吧）的俘虏，好像她才是这个世界最漂亮的女人，比所有漂亮的女人对我都更有魅力。这会儿我坐在夜班室的门口，盯紧挤满雨线又厚又重的黑暗，我的心提到了嗓子眼，我连唾沫都不敢咽，唯恐我正做吞咽动作的时候，她忽然来了——她总是这样没有任何先兆地突然出现，而吞咽会分散我的注意力，待到注意力抽身从吞咽里出来，她又突然走了，连影儿都不留下一丝，好一会儿你才能听见她得意的嘲弄声——那沉闷的雷声会让我很沮丧。而我一旦盯住了她，看见了她，我就赶紧发达想象，我想闪电是一根绳子，而绳子的那头拴在一只巨大无比的钟舌上，她一抖动，钟就猛响，这就是所谓的雷鸣；我还想闪电是一棵蓝色大树的树根，她正借着雨水生长发展，那跟随而来的响动是根皮的膨胀爆裂声……实话实说，只要一看见闪电，我就紧张得哆嗦，这会儿，有许多细微的颤抖正在我的身体各处爬行，好像漫溢的汗水荡起了涟漪。我抑制不住这浑身的哆嗦，就像我明明知道要哆嗦，而又抑制不住自己去观看闪电一样。

在这样的雨夜，我们这个小镇卫生院和一处漫野里的坟场没有任何区别，到处都黑灯瞎火的，没有一样活物。病人是不用说，比炮打的还零散，即使大白天也稀不楞腾的，还可怜这样的雨夜。这两年个体诊所如夏天雨后的蘑菇，成簇成簇地冒出来，而那些诊所的主人又都很鬼，手腕耍得高明，灵活的嘴皮子能把死蛤蟆说出尿来，这样一来我们这些公家的卫生院就只得游手好闲了，像我这么个吊儿郎当的医生，既不爱麻将也不爱女人，就只有天天盼着乌云乍起，天天去想闪电了。

我的手在颤抖，我试图把它放到藤椅扶手上，但它自己跳动个不停，根本不能在窄窄的扶手上搁放稳当。我知道刚才那下闪电已经过去多时，新的一下就要来了，就要接着来了。一下又一下，多么过瘾！你说，等待闪电的感觉是不是和高潮迭起的做爱差不了多少？处于崩溃与未崩溃、爆炸与未爆炸之间，舞蹈的心跳上了嗓子眼，而最关键的一点是，这种感觉不是瞬时即逝的，也不是一次就了结，而是——漫长的、循环往复也可以说是以至无穷的。

在这个漆黑的雨夜，我双手颤抖着没等来闪电，却等来了一个病人（这一次闪电间隔的时间特别长，仿佛也在等这个病人）。拉病人的架子车一在那条公路上出现，我一下子就察觉了，在那盏颠簸的桅灯出现之前我已经察觉了。我听见了架子车轮在公路上上下蹦跳的声音，根据慌乱的车轮蹦跳声我已经知道这是个病情凶险的急诊病人。我已经三十几岁，已经老了，除了眼睛和耳朵外，我身上已经没有灵敏得可供炫耀的器官了，但眼睛和耳朵，我可不谦虚，从前头对闪电的描述中你大概领教了点儿我眼睛的厉害，而我的耳朵，却比眼睛好使一百倍，再嘈杂的雨声和地上积雨的涌流声，都混淆不了几百米之外车轮与公路路面的碰撞声；这么说吧，刚刚怀孕的女人，理论上讲不该有胎心音，但我不用胎心听诊器，只那么捏着普通听诊器的听头，往人家瘪瘪的腹部一按，眼一眯缝，就能听到胎心的搏动声。也是从这一点，我在心里推翻了大学时学过的医学理论，我认定许多时候科学是不科学的，说穿了吧——是在那儿正儿八百地扯淡！

公路横搁在卫生院的前头，和卫生院里唯一的一座两层单面门诊楼平行，此刻我就坐在这座楼房的楼廊里。在第一道闪电扯起的同时，所有的灯泡一下子灭掉，好像是那最初的闪电扯灭了它们似的，其实不是，只要一下大雨，特别是挟带着闪电的大雨，整个小镇一准马上停电，据说是怕线路出危险。大雨包围了一切，大雨隔断了一切，只有在这样没有一点灯火一丝人声的黑暗雨夜里，你才能充分体会到什么是孤独，你好像处身于大海中的孤岛或一片荒漠中。我已经这么孤独地坐在夜班室的门口整整两个，不，是三个小时或者更多，因为这样的时候压根儿是没有时间概念的。

那盏桅灯被大雨洇化，一团晕光浮荡在大雨中，就像一摊生鸡蛋黄。他们在走近。尽管知道他们是病人，是急病人，但我还是希望他们沿着那条公路径直走下去，别拐进卫生院铁栅栏墙上的那处缺口。我正在等待闪电，我可不想在这个时候被人打断，再说这一次间隔那么长，一定是下不一般的闪电，一定是那种比胳膊还粗，能让我浑身猛打冷战的过瘾的闪电（多么令人神往！我都有点禁不住要"啊！"出一声，像现今有些喜好装模作样的诗人那样）。他们是干什么的都成，劫盗也好，杀人犯也好，只要不是看病的，不是干扰我等待闪电的就好。

但那摊生鸡蛋黄没有犹豫，从大门（姑且称那处铁栅栏的缺口为大门吧）那儿拐离公路，义无反顾地冲向我坐的地方。我听见了呼呼哧哧的急促喘气声。我听见了雨水浇淋在塑料布上霍啦啦霍啦啦的碎响，这种碎响尖锐、弥漫而广大，差点儿遮没了倾盆大雨声。车轮不再与公路碰撞，它开始打击楼前的砖墁地面。接着我就看见那辆桅灯引路的慌里慌张的架子车像一头被围追的独眼巨兽，猛地向这边撞来。

无论我多么不情愿，我还是恋恋不舍地从那张破藤椅上挪开了身子。我一边忙里偷闲张望夜空，一边走过去，招呼他们把架子车拽上比路面高出许多的过道（门诊楼中间有一处过道，连接着被楼分隔的前院与后院）。站在过道里，我才明白我刚才的感觉错误：雨墙没有挡住风，这儿的风甚至有点嗖嗖的味道，凉滋滋的，多站一会儿说不定还会打冷战，哪儿有一丝儿热气！我刚才身上冒汗，可能是因晤面闪电过于紧张或雨中的风不大愿意拐到夜班室门口去的缘故。无边无际的黑暗吸噬了光线，桅灯能力有限，只照出不大的一小团光亮。举着灯的是一位老太太，看上去至少有六十岁，但身子很硬朗，说话响梆梆的，动作利落，没有一星点儿的蹒跚衰老味儿。倒是她身边扶着架子车车把的那个年轻女人，显得迟钝而苍老，灰白的面孔圈在桅灯光芒里，就像是一尊木雕。

老人甩开身上披着的硬塑料布，向我简明扼要着事情的前前后后：他的儿子刚才在回家的路上，被大雨浇塌的土墙拍在了底下。她们听见了倒塌声，还听见了一声叫唤，"我一听就知道是金邦，你还老说没有声儿没有声儿呢！——啥都听不见金邦的叫声我还能听不见吗？！"直到这个时候，老人还在责怪身边的儿媳妇，她当时说她的耳朵不好使，听岔了音，从而耽搁了一些工夫，"要是知道是金邦我还能细嚼慢咽地去找雨布？！"她们把那种因用得久了而变硬了的塑料薄膜叫"雨布"，此时她的儿媳妇身上以及架子车上还蒙着这种雨布。能看出来，假使她这个叫"金邦"的儿子有个三长两短，她是不会跟儿媳妇善罢甘休的，是她延误了她儿子的救治！

老人一直有点气冲冲的，仿佛她儿子此时躺在架子车上，全是儿媳妇的错误提示所致。年轻女人一声不吭，连分辩一声都没有。我一边听老人说，一边掀起了遮盖架子车的雨布。雨布下的男人个头很高，架子车都有点盛不下他，他的一只脚多余在车尾外。在我掀开雨布的时候，他屈着两肘支起上半身，面孔微微昂离头底下枕着的什么东西——就在这时候，突然电光穿过过道，一切都被照彻，好像一下子被蓝白的强光熔化了似的——我久待不至的那下闪电不偏不倚，在病人抬起面孔的刹那降临，我看见那张凝视我的面孔像是用整块白骨镂成的，像是一堆松散的白石灰。

我打了个寒战。我觉得我亲爱的闪电试图告诉我什么，但具体是什么我又说不清。我正在这么着发吃怔，手底下涌动着的那个像白石灰的病人开口说话了："我不要紧，"他说，"只是腿有点毛病，有点伸不直……是大胯错窝……不是啥大不了的事儿！"但他没能如愿以偿坐起来。他的身子还没有折起二十度，就被他嘴里发出的一声"哎哟"打倒。还在耿耿于怀的老人慌忙上前，用一只手托着，把他的头放妥。借着老人另一只手里的桅灯的光线，我看见横躺在我面前的人长了一脸络腮胡须，胡楂不高，浅浅的像一层黑草，黑草中间偶或露出的面皮却煞白煞白，比白菜叶子还要白，没有丝毫血色。他的手护着一侧臀部，我打算开始我的检查时，接踵而来的炸雷差点儿没有把我们一起震飞，连桅灯都震得忽闪了几忽闪，似乎想把本来就不大的灯苗儿缩回肚子里去。一股阴风穿堂而过，拽出我身体里的又一个寒战，我知道一阵吓人的急雨马上会倾注下来，整个过道都会被淅湿，于是我赶紧让她们把架子车挪到过道旁边的楼梯底下，那儿很严实，风被堵在外头，再狡猾的雨也休想借着风势窜袭进去。

我没把病人直接安排到房间里去，是因为我想先粗略地检查一番，心里有个底，然后决定是让他住院，还是在门诊观察治疗。这么着露天检查病人是这个简陋卫生院的规矩，要是天不下雨，那这会儿我们肯定不在这处狭窄的楼梯间里，而是站在楼外宽绰的院子里。没出我的意料，大雨果然哗哗接踵而至，那才叫大雨，气势磅礴，铿铿锵锵的喧响浑然一体，不再有零乱的节奏，院子里雨水流不及，早已汪洋成白茫茫一片，驮满比乒乓球还大的忽生忽灭的气泡。黑暗一下子浓重起来，桅灯照出的光团被压缩了许多。老人仍在絮叨，但我一句也听不清。我让她举高桅灯，好对她的儿子检查得清楚一些。病人没想过自己支配不了自己的身体，坐不起来的失败使他有点惊慌，他的眼珠开始滴溜溜转动，他盯着我说："我不要紧，就是大胯错窝，我觉着一对住槽马上就能走……就是大胯错窝！"他像是在和谁争辩。

的确是"大胯错窝"，就是"髋关节脱位"。他的一条腿屈曲在另一条腿上，一动也不能动，像是戏台上的演员在摆出某种姿势。这是髋关节脱位所特有的体位，叫"内屈内收位"。他的身子底下铺了床蓝方格粗棉布被子，我惊异被子竟然没被雨打湿一个角，就像如今他干干爽爽躺在被子上头一样。他是在刚才的大雨中回家让倒塌的墙砸着的，但他身上看不见雨点和泥点（很明显他洗了身子，又换了干净衣服，但我不能想象这样的伤势怎样才能完成这一系列步骤）。他穿着一身黑粗布的单衣，躺在那儿尽管痛苦不堪，但仍是很体面。就是那种痛苦，在他的脸上也没有过多的流露，当你不搬动他的身体时，他那比白菜叶子还苍白的面孔甚是安详。

他很有礼貌，当我一揭开遮盖他的雨布时，他马上对我笑笑，并送给我一句亲切的礼貌问语。他没让那种惊慌的情绪停留多久，我做完必要的检查站起身来时，他遏抑住我的动作给他带来的身体的痛苦，已经整个平静下来，像平时碰了面那样地与我搭话。

是的，我认识他，他的母亲和媳妇我也认识。我已在这个卫生院待了十几年，小镇上的人十有八九都找我看过病。我叫不出名字，但认识他们。这个躺在我面前的男人我更熟识，因为他很有礼貌，很亲切……这么说吧，很体面。你和他接触的时候，一下子就能明确什么才是尊严和气度。他的个头很高，有一米八以上，这么高的个子又不驼背，显得挺拔，走起路来威风凛凛。他的鼻梁就像他的个头一样笔直，他笑的时候，仿佛茂盛的黑草丛开放了一大簇雪白的花朵。我只是对他印象很好，但对他的背景一点儿都不了解——卫生院建在镇外，我和镇上的人很是熟悉，但并无交往。我是个不太喜欢交际的人，不然我就不会那么热衷于闪电。我不知道他的媳妇这么不起眼，而且他家里还是这么——拮据。就用"拮据"这个字眼吧，"贫穷"似乎不太适宜他。

但除了"髋关节脱位"外，我还在他的腹部发现了情况（这些情况一下子让我振作起来）——他的腹壁绷得很紧，就像一块木板，当我用手轻压时，他马上剧痛得额上渗出汗水，让他娘不停地哀求我"手要轻点儿"。我猛地松开了轻压的手，刚刚"哎哟"过的声音又回到了他的嘴上，疼痛几乎使他从架子车上蹦起来。这在医学上叫"反跳痛"，说明他有腹膜炎，出血性腹膜炎。这个情况很是不妙，假若是墙头倒塌撞击出的腹膜炎，几乎百分之百是什么脏器破裂引起了大出血，血液刺激腹膜引发了炎症。他的四肢冰凉，手指就像冰棍；他的身上正在淋漓出汗水，但绝不仅仅是我检查引出的疼痛所致；他的面孔苍白……这些都是休克早期的确切征象。我给他量了血压，血压是 20/50mm 汞柱，而正常人则应该是 60~90/90~140mm 汞柱。他的各项指征都是休克所特有的，唯独没有"烦躁不安"（这是休克病人最早应该出现的症状）。痛苦在他脸上留下的情绪波动的痕迹一闪即逝，他平静安稳，好像不是行走在死亡线上，而是应对自如在某场欢乐的宴席上。

　　大雨仍在下，这一阵大雨持续得特别长。沉雷仿佛在地心滚动，又仿佛在耳边，低沉又遥远。闪电一下子溜远了，活跃在天际，没有了像赤裸的女人那样的惊心动魄曲曲折折的炫目形体，仅只是一片毫不起眼的扇形光亮（闪电不喜欢这么丰沛的雨水，由此看来她不可能是一棵大树的树根）。我麻利地放低他的头部，采取治疗休克时的"头低足高位"（为了保证头部的血液供应），然后才掏出白大褂里的处方，为他开了药。他需要紧急输液！他的血液没有在血管里奔腾，而是滞留在腹腔。他的血容量每时每刻都在减少，假如不及时补充上去，随时都有生命危险。

　　但我却救不了他，因为这儿不可能有血库，而在这样的雨夜也不可能找到那些预备输血队员（这是些以卖血为生的人，零零散散分布在周围的几个村子里）。再说这儿也没有手术条件去剖开他的腹腔进行探查，找出并缝合那破裂的部位。——他需要转院！但在这样的大雨之夜，最近的县城还有三十公里，他怎样转去呢？

"你家里还有其他什么人吗?"我问那个老人。我把她叫到了诊室里，详尽向她说明了危险。我的意思是让她找出家里的其他男人，比如她另外的儿子什么的。在这些事情上妇女通常是束手无策的。

老人湿漉漉的花白头发一绺绺粘贴在脸上，好像是一团乱麻，她在忽闪忽闪的蜡烛的光影里盯了我好一会儿，好像她一时反应不过来，一时没明白我的意思。后来终于弄明白了是怎么一回事，她开始自怨自艾："真倒霉，真倒霉……"她重复了好几遍这三个字，许久才又说，"哪还有什么人，家里只剩下一堆小孩子，老大也才十二岁……真倒霉!"她只有这么一个儿子，他是独苗。

事实上就是家里有人，也不可能救出她的儿子。他是必死无疑。即使躺在他身下的不是架子车，而是设备完好的手术台，我明白死亡仍会攫走他。他的脏器破裂一定很厉害，说不定就是凶险的肝破裂，要不不会这么快进入休克期。就是马上剖开腹腔，寻找并修补损伤部位通常也是困难重重。而更大的可能则是：手术还没有完成，他的灵魂已经飘离了他不愿意再待下去的这副残陋的躯体。

但老人没有犹豫，到他的儿子跟前看了两眼安排了几句话后，马上一扭身钻进了大雨中。她要去找车。她要让跑得飞快的汽车驮着她的儿子去三十公里外的县城医院做手术，似乎这样就能留住她所给予的她儿子的生命。尽管知道这一切都是枉然，知道她不会找到汽车（在这样的鬼天气里那些更鬼的拥有汽车的人能随口编出一百个理由拒绝她），但我没有劝阻她一句话。人是需要希望的，哪怕是在这样没有一丝儿希望可言的大雨之夜，人仍需要希望来支撑。

药房的人从床上爬了起来，很快护理值班室也有了动静……这座死气沉沉的黑暗楼房活转了过来，就像深深的坟墓里的灵魂开始烁动。我搬来了两把木椅子，垫在架子车的两端，这样就搭成了一张简易病床。他这会儿是禁止搬动的，我也不想多此一举地再把他搬到病房里，他能在这儿停留多久我心里有数。我让护士给他扎了两路吊瓶，输液器上的调节阀也开到了最大，液体不是在滴而是汩汩地在流，就这和他的出血量相比仍是杯水车薪。他的血容量在迅速减少，血压每分钟都在下降。血压计的袖带没有从他的胳膊上解下来，我随时都在测量他的血压，但尽管用了各种升压药物，水银柱仍是一次比一次更低。

他的血压已接近了零。他接着就会进入昏迷状态，就会躁动不安，就会两手无目的地在空中狂乱地抓握，嘴里发出含混不清的谵语；再接下去他还会出现一次更大幅度的躁动，那是生命对这个世界的最后哀求，也是无望的反抗；底下就是被称为"弥漫性血管内凝血"的 DIC 期，其实就是"濒死期"，因为除了一些微弱的意识外，这个生命基本上已经无可挽回地从这个世界消失。

看，他出现了口渴。休克病人因为血容量不足，口渴总是最早出现。他的思维仍很清晰。他让媳妇给他捧接廊檐上流下的雨水，因为他等不及她去找开水。这时候喝水是不能吸收的，也缓解不了口渴，再说又容易导致呛咳，治疗时是被禁止的。但让他喝罢，我们这些活着的人应该满足临死的人的一些微不足道的要求。

他媳妇捧了雨水，这一次他没有再试图坐起来，他可能明白了他完不成这简单的动作了，他就那么仰脸躺着，微张着嘴，像一个婴儿一样贪婪地啜饮着从指缝间漏下的明晃晃的雨水。他这样喝了两捧，然后安静了下来。我等待着他烦躁不安，等着他向空中伸展无望的手臂，就像一只鸟伸展翅膀。但是没有。他很安静。他竟然朝我扭过头来（他哪儿来的力量？），竟然笑了笑。他的牙齿真白，就像闪电那样白。我喜欢这样雪白的牙齿。他的声音很低，比一只蚊子哼哼大不了多少，但在纷纭的风声雨声里，我还是听清了，"赵医生，我问你，一句话……"他说，"刚，同过床……影不影响……我这病？"

他的媳妇已经缩进了灯影的角落里，竭力让人忽略她。我有点疑惑不解，他不是冒着大雨从外头回家被土墙砸伤的吗，怎么"刚同过床"？他的脑子真清醒，他眯着的眼睛马上发现了我的疑惑。他又笑了笑。他这一次笑得充满憧憬，那无限的幸福让他闭了会儿眼睛。接着他又睁开了眼睛，"不是跟她，"他朝媳妇展望一眼，说，"是另外一个人！"

我吃怔了一下，终于明白过来——他是去赴一场热烈的约会之后才受的伤！多么幸福！怨不得他血压降到了零，仍没有出现烦躁不安，仍然那么清醒。这一切都是因为爱情！这一切都是因为爱情！！

我对他笑了笑，像是要和他比赛谁笑得最灿烂。我摇了摇头，明确告诉他：同床不但不影响他的病，反而对他的病有无穷多的好处。我知道我等不来他的烦躁不安了，因为爱情摧垮了规律，也就是所谓的科学。他连动一下都没有，听完我的话幸福地闭上了眼睛。他陶醉在深深的爱情里，脸上洋溢着安恬的明光。

突然我的眼前一白，我几乎什么也看不见了，我的头轰地晕眩，差点儿没有爆炸，好像整个世界在瞬间化作一派虚无。我猛一激灵——在我有点儿忘记闪电的时刻，新的闪电猛地向我张开了手臂！

打　生

第一章

　　梁栋那时只是个实习医生，从一个医学专科学校来到这个县城医院见识临床病人。他本来就心虚（从来都是别人给他看病，现在他却要给别人看病），加之临实习之前的动员大会上老师反复安排：到了医院，哪怕是见一个清洁工，也要尊称"老师"，不叫老师不说话。对这一点梁栋深有体会，他在医院里只要见到穿白大褂的，开口闭口都叫老师，被叫的人就阴天的脸马上放晴——就是不放晴，也比之前的阴沉少了几层乌云。不但是嘴上这么叫，他还学会了勤快，让各科室带他的医生也颇为满意。他替当班医生值班，替护理整理需要消毒的巾单器械，不嫌脏也不嫌累，惹得那些和他年纪差不了多少的小护士有事没事都要招呼他几声。梁栋是在傍晚时分接诊的这个病人，这个不幸的孩子。他还太小，仅仅十二岁，但他觉得他很难在这个世界再过下一个生日了。他伤得太重了，失血过多，差不多已经进入休克。他的父亲和一群村人用软床子摽的担架把他抬到了医院，他们没有汽车，可能也来不及找车了。他们一群人轮换着抬他，呼呼哧哧跑得浑身被溻透，抬了四十里才到医院。梁栋的实习老师——值班的皮医生回家吃晚饭了，如果不叫他，不知道啥时候他才能想起来门诊。但病人是这样急，空荡荡的门诊大楼里不见一个能当事儿的人，当时还没有时兴手机，也没有电话，梁栋只有一个人硬着头皮去检查。孩子受了重伤，又颠簸了一路，窄窄的小脸苍白，在昏暗的走廊里的三十瓦白炽灯下，像是春天刚出窖的一小溜白菜叶，有点缩水，但白得瘆人。面对这个昏睡的孩子梁栋是有点紧张，不知道该先检查哪里。他毕竟是刚出学校门，刚真枪实刀地接触临床病人，和之前他在课堂上听的课本上看的完全两码事。他给他测了血压，把血压计的袖带束在他哪挪哪去的胳膊上，然后开始一下一下捏那只椭圆的深绿色的橡胶气球，给袖带充气。在他有控制地打开阀门放气时，他支棱着耳朵试图从听诊器里听到脉搏的跳动声，但失败了。他什么也没听到，圆圆的听诊头没有传导来任何一丝声响。听诊器黑色塑料的耳端夹得他的耳朵生痛，他努力想听到点什么，但听诊器里万籁俱寂，像是最深的冬天的黑夜。他怀疑是他的测量技术不行，袖带捆缚有问题，但他没想到这个孩子已经没有血压。他失血太多了，他小小的瘦弱身体内的血量已经流失得差不多了，已经不能鼓胀起血管，让他清晰地听到搏动声。

孩子一直一声不响，能证明他还活着的只有眼睛。他处于昏睡之中，甚至不知道疼痛，但给他测量的时候他偶尔睁开一下眼睛，像是从睡梦中醒来，头微微磨动，要看一下他的亲人，看一下这个给他治病的陌生人。他瞪大眼睛盯住了他父亲，因为父亲这时候在轻声唤他，安慰他。接着他就又看了一眼梁栋，看得他有点羞愧。他觉得他不配当医生，至多算是个冒牌医生。他觉得他在耽搁这孩子治疗的时机，似乎他有罪，一切都是他的责任。

　　孩子的伤口在肚子上，在左腹上部。他有点不敢看，因为黑乎乎一片，血仍在流，当手电筒照着时能看见还冒着缕缕热气，一股新鲜的血的腥味扑面而来。受伤过程并不复杂：当天是星期天，孩子和哥哥争一支老火枪，都想去野地里打兔子。他们已经商量了许多次，要趁个星期天去那座废窑打兔子。他们去年去那儿打到过两只兔子，是他们的父亲领着他们去的。打生（本地把猎兔的行当叫打生）是他家的祖传手艺，到了他父亲这一辈更是炉火纯青。他们在一年里对那次猎兔经历念念不忘，两个人经常提起那座老窑，那次老火枪怎样突然喷出半尺长的红火舌，而他们都还没弄清怎么一回事，都还没看见哪儿有兔子，让父亲这样突然将枪举过头顶扣动扳机。但老火枪发言时他们看见了那只奋力奔跑的野兔。太晚了，那兔子行动得太晚了，霰弹比它跑得快多了，一下子就击中了它。他们看见在麦苗丛中那兔子弓状的身体只一跃，就一头栽在绿麦丛里再没有撅起来。他们呼哨一声冲上前，于是看见那灰黄的小东西还在扑腾，鲜血淋漓在碧绿的麦苗丛上。而让他和哥哥万分惊奇的是，他们都没能听见火枪是怎样振聋发聩爆响的，至今也回忆不起来那声巨大的响动。他们想再听一次，这也是他们争枪的原因。

他哥哥比他大两岁，兄弟俩应该说很要好，平时都能玩到一块儿，几乎算是形影不离。他叫安生，他哥哥叫安稳，顺着一个安字叫，大伙儿也都说是因为这个安字，才让兄弟俩有缘分。他们已经反复商量过怎样到了初冬时节去打野兔，不止一次商量，而且想到了具体细节。和活泼的安稳相比起来，弟弟安生不太爱说话，但念头却不少，比三月里的野草还稠密。安稳常常拿他没办法。安稳小嘴叭叭的很能说，但到了安生这儿却全部失了效，他说什么弟弟不多反驳，但最后总是不按他说的去办，而他呢也总是屈从。大人说是因为他是哥哥的缘故，但他自己知道原因，就是他根本拗不过这个弟弟，弟弟的不声不响里藏着无人能够轻易改变的主意，别说安稳，就是威严的父亲也拿他没辙。

老火枪挂在东山墙，为了防止兄弟俩胡作非为，父亲故意挂得很高，轻易不能够得着。在这一点上父亲确实有点疏忽大意，在给他儿子测量血压时他还在后悔得直跺脚，唉声叹气。父亲觉得儿子受罪全怨他，怨他干的打生这行当，怨这条祖传的老火枪，早知道这样瞅个黑更半夜往水塘里一摞，百病消除。但世上没有卖后悔药的，这条贯穿他打生生涯的老火枪除了打野兔外竟然打中了他的小儿子。（事后村子里有人说，就是因为他的枪法太准，打死了太多的兔子，兔子的魂灵报仇，于是让他儿子尝了霰弹的滋味。）半晌午不夜的，家里通常是没有人的，供兄弟俩随意耍巴。他们望着昏暗中堂屋里东山墙上高高挂着的馋人的老火枪，先是踩着板凳，后来发现板凳帮不了任何忙，于是安稳想到了架子车架，想着把车架搬屋里竖在东山墙上，别说老火枪，还可以顺势掏一把山墙三角形顶端的那个透气眼呢！说不定能掏到一只麻雀什么的。（他当然知道不是麻雀孵蛋的时节，不可能掏到黄嘴叉的小麻雀的，但就是掏空他也要顺手掏一把。凡是孩子心里都长有一只手。）但他忽略了一件小事：架子车搬不进东间里，因为东间与堂屋正厅隔了一堵墙壁，而壁上留的小门仅供兄弟俩侧身并排出入，车架想进去看看稀罕，不可能满足愿望。两个人大眼瞪小眼，不知道接下来该怎么办。但有一点就是，这个世界上似乎还没有难得住他们的事儿，那条老火枪必须走下东山墙，没有商量余地。

并不需要殚精竭虑，只要有安生在，这些事情从来没有难倒过他们。安稳开始盯着安生，在紧要关头他总是这样求助于弟弟，当然，弟弟也不可能让他失望。安生仰头望了一眼贴墙斜立的老火枪，像是一个人抬起胳膊朝上指着，示意着他不懂也根本不想弄懂的事情。但他顺着那上指的枪筒，又顺着下斜的略显瘦小的枪托看着，马上他让哥哥蹲在墙根上，他呢则爬上了哥哥的肩膀。安稳熟悉这个招式，不需要特别说明，他已经稳稳驮着弟弟升高，再升高。安生几乎算是贴墙爬高，他扶着墙体竭力伸直胳膊，于是奇迹发生了：他够到了枪托！接着他又抓住了枪托，而且就势朝上一耸，于是枪带也从钉子上跳开。他的手猛一沉，手脖子与枪体较劲差一点失手使枪支掉落，不过手疾眼快的他马上将胳膊套进了枪带圈里，于是枪托仅只是砸了一下下头哥哥的肩膀，他只是在哥哥肩膀上打了个趔趄，但最后他没有摔在地上他哥哥也没有太被砸伤。相安无事，当他蹦下地时，两个人压抑不住兴奋，轮番拿着老火枪，有点爱不释手。

三个臭皮匠，顶个诸葛亮。像安稳安生这样手脚伶俐头脑灵活的人，两个加一起诸葛亮就难望其项背了。他们很快找到了父亲藏在墙洞里连母亲也不太弄得清地方的火药——父亲是从擀爆竹的炮坊里弄到这些火药的。父亲遮遮掩掩，唯恐被兄弟俩扫见，其实他的一举一动都在被侦察之中，连他用啥纸包的药一共买了几斤几两药都一清二楚。与火药待在一起的霰弹也坐以待毙，乖乖地受兄弟俩指使，哧哧溜溜躲进了长长的钢管做成的枪筒里。为了防止铁霰从枪口逸出，安生又在院角落抓了一把土填满枪筒，学着他爹的模样小心地轻轻地用铳针捣实。其实不应该还没出村（连院门都没出呢）就给枪装上火药霰弹，这是打生的戒规，只有到了田野里才能装药填弹。安生不再沉稳，一会儿把枪扛在肩上，一会儿把枪斜挎背上，在院子里阔步行走，比他爹可是神气多了。问题出在临出门时，安稳觉得去年打兔子的那座老窑早没了兔子，不知被多少人盯着，怎么可能到了麦苗都漫住脚脖子的今天（已近冬至）还给你留着！但安生对那座老窑情有独钟，无论有没有也要去那儿走一趟，仅仅为了一年来的梦想与思念也要去一趟，扛着枪去一趟。安稳马上急了，他的声音在加高，他大声说一下午就一麻长眨巴一下眼就过去了你去那儿还去不去其他有兔子的地方！两个人针尖对麦芒，谁也不让谁，都坚持自己要去的地方。但太阳没等他们，悄悄地在偏西。阳光从光秃的树枝间照射院子，刚才西偏房的影子还在北侧，现在已经靠近东侧了。安稳急了，他开始从弟弟手里夺枪，他才不管这个根本不讲理的弟弟呢！他不想白白浪费时间不想空跑一趟！你想去你自己去那个破窑那儿，反正我是不去！

但安生没有让步的迹象，空跑一趟有什么，他就是要去看看，去圆圆梦。如果不是因为要去那座神秘野兔飞奔的老窑，他会这么千难万费劲地找枪找火药？如果没他帮忙安稳真的能够拿到枪？他只是想去看看，又不是想待在那儿睡一夜。他出力不但拿到枪还顺利找到了火药霰弹而且他们谈论了一年那座兔子奔跑的老窑了凭啥不让他去看一眼！他觉得哥哥太不讲理。他对他的什么破河沟渎才不感兴趣呢，他只想那座巍然屹立的黑塌塌的神秘老窑。

但安稳不想废话，气哼哼地跳向他夺枪。再耽搁一阵儿一后晌就跑了，别说打兔子，连兔毛也摸不着。他本来对今天能猎到兔子成竹在胸，他早已寻摸准了地方，就在村南一里多远的河沟北堰，是一片簸箩坑，扑扑棱棱挤满了野麻、苍耳子之类的草莽，是一望无际的麦田里兔子最喜欢选择的冬天的住处。别说兔子，要是让安稳选择，他也会钻在那处草蓬里做个窝，只有这样才能安稳哪。稍稍动动脑子，只要脑子没有生锈，就会拿着火枪朝那儿跑，而安生这个犟种就是要去老窑！他早不耐烦，只有诉诸武力了，尽管这是最后的选择。他一伸手抓住了枪筒，而且顺手一拽把枪头夹在了胳肢窝里。他比弟弟力气大多了，弟弟还太嫩，不可能是他的对手。但他也不想仅靠武力取胜，他觉得那样不地道，不是英雄好汉。他只用一只手攥住枪筒，根本没打算一把夺过来那枪，让安生吩哧吩哧哭鼻子。安生一哭他的心就软，他知道只要弟弟眼角里哪怕是淌出几滴猫尿他就去不成那个兔子藏身的地方了，今天打兔子的美梦也就宣告破灭。所以他不想惹哭弟弟，他甚至处于盛怒之中还强装出笑容，手上也没有真用劲。就是因为他没有用劲，安生瞅个他松懈的空当一下子把枪夺了过去，而且麻利地颠倒双手握住了枪筒，这样枪托就悬在了半空就能够打住人了。安生气得要爆炸了，他马上就要哭了。他两手握着枪筒猛地朝安稳砸去。其实他也知道是砸不着哥哥的，他手里的东西还没有到地方哥哥会早已抽身跑掉，历来如此。今天当然也如此，安稳一看安生又要惯常地砸他马上一闪身子，于是收不住劲儿也收不住枪的安生手里的枪托就咣地撞在了地上。而那扣开的扳机——为什么要贴上引火纸而且要拉开扳机呢！那是弹簧控制的一段半圆弧铁，只要惊动它它立马就会撞向引火纸，而引火纸就会立马爆发燃着枪筒里的火药。这个时候一切都已无法遏止，火药总在愤怒中总在等那一星半点的火种，它终于等到了时机它骤然膨胀，在狭窄的枪膛里它的愤怒捉襟见肘它需要更广大的地方它不顾一切向外冲去连带前头的结实的霰弹轰隆一下它终于冲了出去发出惊天动地的咣的响动。许多人都听到了这声巨响，在这个季节，村子里超出正常的声音响动能引起所有人包括邻近村子人的注意。大伙儿都听到了这巨响，而且不约而同向发声地飞跑。出事了，出事了！安静的村子里太少这类响动了，而且这响动之后是少年特有的那种尖细的绝望的叫声……

第二章

　　于是梁栋就再次走进了那间特殊的房子——手术室，不久之前，他进入过这座位于门诊楼（也是医院唯一的楼房，四层，和一院子低矮的平房相比分外壮观）后面的神秘的房屋一回。作为一个实习医生而非本医院医生，似乎能够进入那房子是一种荣幸，因为对于这家县级医院来说，这间房子的使用率远远不及人们的传说和想象。这医院虽然已经开张三十年有余：三十年前刚刚从邻近三四个县的地片新划出一个县于是成立了这家被称为县医院的医院，而据许多人回忆，医院当时仅仅是一溜九间的平房，能看病的和不能看病的加起来所有工作人员也刚凑成两位数，而且那两位数的头一位一年之后才攀升为"2"。那时当然不能做手术，甚至缝合一道菜刀砍出的伤口也只有一位医生有此手艺——现在医疗水平当然是提高多了，几乎所有外科医生都能缝合伤口，至于缝合后的感染率仍然居高不下，那是另一个话题，需要数年后才能逐渐转好。眼下外科的员工已经远远超过了三十年前医院初建时的全院员工，业务力量当然也今非昔比，技术水准日臻成熟，缝合伤口已是小小不言的灰星子那么大的小事，好几种常见的开膛破肚的手术都排上了日程。他们能做阑尾切除，能做剖腹产（外科与妇产科共用一个手术室，要等到十年之后妇产科才有自己独立的手术室），能做脾切除，能做胃大切——当然，说到胃大部切除术治疗胃溃疡，并不是那么简单，不能切多也不能切少，切多了胃容量受损，切少了治不了溃疡病，该胃疼照样胃疼。这样有难度要求的高等级手术也只有岳大夫能做。岳大夫被称为外科里"金一刀"，这儿先不提，接后还要详尽叙述。

梁栋是陪安生一起进的手术室。他是实习医生，接诊病人的一应琐碎事体都要他来收底，这是天经地义的。徒弟，他现在的身份是徒弟，当然要干利亮所有脚厢活儿。皮医生开好了手术通知单，开好了化验单当然还有处方，就不再有事，坐在那儿开始一棵接一棵抽烟，外科诊室里很快就狼烟黑地，像是失了火。梁栋顶不住这烟气，熏得不住咳嗽，熏得头晕。梁栋马上借故逃走，不想听皮医生眯缝着眼并不看他地带着训诫语气东扯葫芦西扯瓢。皮医生并不结巴，但他说话时时中断，每一句话似乎都是半截话，一半留嘴里一半在嘴外扑甩尾巴。梁栋不知道他的这种训讲有什么意义，东一榔头西一棒槌，没有一句敲在点子上。皮医生本来想说这种火器伤口小肚大，但刚讲到口小肚大，话题一歪竟然扯到茅台酒上，说他喝过茅台酒，是县委组织部副部长请他喝的，带有一股苦槐角味，并不好喝。听他那话味儿，茅台和县酒厂生产的红薯干酒也差别不大，好像还要略逊一筹，不知道他是在炫耀他能喝上茅台酒还是要抬高本县酒厂的特产薯干烧酒。梁栋不得要领，就说他要去化验室，要去问问安生的配血情况。

　　果不其然，血没有配好，因为输血队员只来了一位，还不是O型血，没法给安生输血，安生是B型血。化验室值班的化验员对梁栋爱理不理，说已经让人去通知另外的队员了，不久就能来。梁栋问不久是多久，因为急等着手术呢。那个穿着一身白衣但没戴口罩的化验员没好气地说天这么黑我又不是输血队员我能知道啥时来啊！这医院里的工作人员对实习生都不太待见，仿佛低他们一等，与其搭话会有辱身份。梁栋无奈，不好也不想再多问，站在化验室门口一刻后返回外科诊室，问正在一个空罐头瓶子里搞灭烟蒂的皮医生怎么办。"能怎么办，等呗。"皮医生轻描淡写地翻他一眼说。安生家爹有点急："皮医生，这可怎么办，我们不是没钱，我们给钱！"安生爹比谁都关心输血队员的动向，一直跟在梁栋身后。但输血队员来不来与钱无关，再说给多少钱是一定的，不给人家也不让你抽血啊。皮医生说："先进手术室，不急，先消毒准备好，手术没开始就会来的。"听了他这话，梁栋松了一口气，安生爹松了一口气，围簇他们听门道儿的抬安生的村人们也松了一口气，大家都觉得皮医生的话可信，输血的事儿迎刃而解了。

　　皮医生这个人，梁栋发现他善于信口开河，反正他不需要为他的随便滑出黑嘴唇的话负多少责任。他的嘴唇像是总在瘀血，黑紫黑紫，像是两粒熟透但没长太饱满的桑葚。皮医生总会碰到令他没辙的事儿，今晚也不例外，每逢此时，他都要扑嗒扑嗒那黑而紫的厚嘴唇，仿佛嘴唇子这么一扑嗒，那些能解决面前障碍的主意就会像成熟的桑葚一样扑扑嗒嗒往下落。

总体来说皮医生是个不错的医生，脾气好，对病人也不使性子，好商量事儿。但皮医生肚子里蕴藏有多少水是另一说，他长相颇标致（只是嘴唇有点黑暗），但手术台不是舞台，也不是选美，没有手艺光是长得帅气手术台可是不认你的，可皮医生就是手艺有点潮，本事都是阴雨天学的吧。他的态度再好也帮不了忙，关键时刻他扑嗒嘴也白搭。尽管他读过医学院，而且这医院一听说他是省城医学院毕业，初开始都崇拜得不行，把他和一同分配过来的人当成救星看待，当成大爷供着，觉得他们一来这医院可是前途光明，不知道即将干成什么大事呢，说不定换头的手术都能开展都是小菜一碟呢。但皮医生很快就露了原形，让大伙儿所有的期望迅速成为泡影。他是属花瓶的，中看不中用。他虽然读了医学院，但因为是工农兵中推荐上的大学（工农兵学员，一个特殊时代的特殊称谓），去翻开那些比砖头还厚带有密密麻麻数字和图谱的医学书籍之前根本没有读过书，甚至那上面的字儿都还认不全，可想而知他能读懂多少能学会多少本事。毕竟拿有一纸文凭，在这所草草建院的医院里他已是山里没老虎猴子称霸王了。但他麻着胆子，也没有自己去站上手术台做一台有头有尾的手术，哪怕是切掉一个发炎的阑尾也好。他来医院三年之后才独自一个做了阑尾切除术，因为这时候医院里又添了新生力量——其实是老生力量，被打成"右派"下乡的岳大夫过来了。在岳大夫手把手的言传身教里，他不会切除阑尾都不行，也因而他与岳大夫结下了深仇大恨，有点不共戴天的势头。

听从皮医生的嘱咐，梁栋以最快速度跑到手术室的办公室，送去手术通知单。接着他又不遗余力地帮着前来接病人的手术室护士将安生挪到担架上。因为从门诊楼到手术室还要出后门下四级台阶，只能用担架。再说即使没有台阶出了门诊楼也都是砖墁甬道，磕磕绊绊的路面上根本推不动带轱辘的担架平板车。但挪动安生确实挺费事儿，他已经衰弱到了极点，梁栋一直担心稍有不慎会增加他伤口的出血量，会令他进入体位性休克。还好，安生仅只是咧着嘴，闭着眼，挪到那只军绿色担架上仍然面部活跃着表情。梁栋一直在看他的面部表情，就着走廊里昏暗的白炽灯光，他竭力发现那苍白如白菜叶的脸上的微细变化。梁栋试图从这张窄瘦的小脸上看出病情变化，看出他们的动作所造成的不良后果。在浓郁的血腥气息里，他们蹑手蹑脚尽量没有颠荡地抬着安生走向手术室——那充满生之希望的所在。

在门诊楼后头不远处横着的这所大房子就是外科病房，是当年流行的建筑式样：两排房间共用一个大坡顶，中间纵行着走廊，最东端则汇合成一处大房间，辟作手术室。手术室的门口正对走廊，走廊两旁的房间里住满了各式各样的外科病人，手术病人居多。医院没有专门的骨科，骨折病人像杂播的庄稼一样夹生在普通外科患者之中，甚是热闹。大房子的中间朝南开门，门厅倒是宽敞，病床紧张的时候厅里也住满加床病人。门厅与手术室之间的南侧房间因为阳光相对充足，被用作医护办公室和夜班休息室。大房子门口西侧种着一棵泡桐树，因为总在接受各种碰撞，树干疙疙瘩瘩，黑不溜秋，树枝倒也疏朗，有一两处窝成一团的瘿枝，但春天也能照常开出紫红的花串。树底下堆放着运送病人的架子车、软床子之类，横七竖八，猛一看像是一处废弃的木料加工厂。

梁栋是换了手术室的专用拖鞋（刚套上时冰脚，等到洗手完毕两脚还没有洗手水热呢），而且将耷拉在下巴颏的白口罩也挂上耳朵戴好，但他最终也没替安生脱去血污的衣裳清理伤口——按说他是参加手术的实习生，应该主动去帮着护理做这些准备工作，也算是对手术程序的一种熟悉。梁栋有点怵劲安生肚子上的伤口，刚才在走廊里测血压时他都有点捺不住，差点儿呕吐。不是受不了那种扑面而至的新鲜血腥，他已经来医院实习了一段时间，虽然才轮过内科、妇产科，但对血腥味已不陌生。令他不敢看的是安生肚子上黑洞洞的伤口，血一直在流，他一想那血一直在流而肚子里不知道哪个重要脏器支离破碎而安生随时就会停止心跳呼吸衰竭而死他就受不了。不，是一看那往外不住溢血的深不可测的肚子上的伤口他就觉得恐怖，无法克抑的恐怖！他要借故逃开。他知道这种躲避是怯懦，是作为一个医生应该避免的，而且应该历练，但他还是无法接受。他说服不了自己。于是他对那个护士说："我去通知家属烧火吧，这儿太冷，病人一脱衣服会受不了。"他给护士使了个眼色并朝苍白的安生瞥了一眼。护士说好吧，你赶紧去。他没打趔趄，马上转身就出了手术室。他站在那栋大房子外头，站在那株瘢痕累累的铁黑的泡桐树下，长长地喘了口粗气。天是铅灰色，正在布厚阴云，看上去就要落雨了，或者要下雪。小风不时溜过来，循着衣服的缝隙一吹，寒意顿生。他任由这凉气吹拂身体，好像这样一吹就能吹走刚才漾起的那撮恐怖。

找安生爹去烧火，他说得也没错。因为当时的手术室哪能有暖气，又不能生炉子，在大冷天里做手术只有烧火取暖。在手术室的墙角嵌着一个废汽油桶，那桶一半站在室内，另一半站在室外，朝外的壁上开了个大洞，供柴火填进肚子里轰轰烈烈燃烧，这样热量就能烘暖手术室，好让躺在手术床上的病人还有围着他的只穿着单薄的手术衣的人们不再寒冷。汽油桶一角还举起一支白铁皮箍成的细烟囱拉风，好让火势更旺。即使在最简陋的情形下，人们的智慧仍会无限发酵，会跨过所遭遇的一切坎坷。

安生爹就在门厅里等候，根本不需要特殊呼唤，一听说要找柴火烧热手术室，他比谁都积极。他对这个医院这处手术室一头露水，正在发愁他的儿子躺进冰冷的屋子里会不会冻着，而且受了这样严重的枪伤。梁栋让他去临近的村庄上买麦秸可谓正中下怀，一下子轰跑了他所有的忧虑。医院是在县城的一角，后头就是村庄，而这村庄的人靠山吃山靠水吃水，不时也能发一笔小财——比如这柴火，本来不值什么钱但一有人找着买，那可就要金贵了，要撮一条筐论斤称。但他们很知道要细水长流，价钱不能很离谱，只是要比市面上贵上一倍就满足了，不然病人们包括医生们也会另有办法，毕竟二里地开外还有村庄，村庄之外更有层层叠叠的村庄，这地球离了谁都还转。所以，他们并不狮子大开口，仅只是龇出牙齿的同时伸出舌头舔舔而已。

当然，这村子的人们不只是卖麦秸，他们还有无数的事儿可做，比如卖血。有一个四十多岁的村人专以卖血为生，每次要求医生抽他八百毫升！你可能不理解八百毫升的意义所在，告诉你吧——一个人一次失血最高三百毫升，对身体无大影响，超过五百毫升，就会对器官造成伤害，而一旦达到八百毫升，就可以导致失血性休克。但这个看上去未老先衰的男人一次却要贡献临界量八百毫升，而且每隔一个月要贡献一次。正常人失血一次三个月才能元气恢复，而他每月都来一次。梁栋见过那人一回，看着他穿得单薄但并不破旧的衣裳，看着他满脸皱纹，他心里充满哀怜，竟有一丝难过。尽管那人一直在故作轻松地跟他说话，当他问他"抽血后头能会不晕吗"时一直说"没事没事"，好像他身怀绝技，可以不断地泉出鲜红的血液似的。但梁栋知道人不是泉眼，也泉不出宝贵的鲜血，这个人当然很明白这些。不逼到十二个劲儿，他不会轻易卖血。这人在为自己的行为打掩护，悄悄地给梁栋说他如何有秘诀，如何在抽血的前一个小时吃上三根黄澄澄的炸油条喝上两碗淡盐水，但梁栋明白他是在维护那可怜的一份自尊，他也替他维护着这自尊，装着信了，不去戳破它。

这个男人是 O 型血，按说是能给安生输血的，可惜他前两天刚刚在化验室抽出好几粗针管的血，他的血泉再旺盛吃多少根油条喝多少碗盐水今天夜里也来不了化验室习惯性地伸出胳膊了。这个村庄也不是人人都卖血，只是一群人，称之为某村输血队。这个输血队没有可用的血了，不是血型不配，就是抽血频繁不能再用，只能找另一个十里地开外村庄的输血队。已经有人火速通知那些勇敢的队员，他们也在星夜赶往这儿，但何时能赶到鬼才知道。因为当时最先进的通信工具是自行车，而自行车的最高时速才每小时十二公里，来来回回，可想而知那些血啥时才能顺畅流入安生的血管内。

梁栋再次进入手术室时，安生已经光溜溜躺在手术床上，九孔无影灯照着他的身子，他只盖着手术室专用的那片白布单。护士剪掉了他的衣裳（为了尽量不挪他，再说他那身粗布衣裳加一起也不够一瓶盐水钱），已经用肥皂水清洗了他身上的手术部位。梁栋没有看见那处伤口，心里猛一轻松。他本来做好了看见那处伤口头猛然一沉又一晕的准备，而且叮嘱自己一定要勇敢地去看那伤处，要让恐惧消失，直到把看血伤成为习惯。但说是这样说，换手术室专用衣服的时候洗手的时候他仍然心里在忐忑不安。他能听见心脏咚咚地跳动，两只手插进酒精桶里被呛人的酒精味埋没的时候他的心仍在桶旁边一撅一撅无所顾忌地跃动。而且，他去瞅伤口的时候发现安生在瞅他，瞅他的眼睛。安生已经被现实吓懵，一定以为是在做梦。他陷入深深的恐惧，而且这种过深的恐惧使他麻木，只有与梁栋眼睛对视的那一刻，那目光才流露出少年才有的无助和慌张。

手术室并不是随便能进的，程序极其繁杂。而参加手术者，更是要求严格。洗手是第一课，是必须熟练的。梁栋有条不紊地按着课本上学的技巧与程序进行：用小毛刷蘸着软皂自里及外自下而上一毫米都不漏过地刷出一层细沫，刷得皮肤有点生痛……接着举起双手对水管呈投降状但手指不能过肩，让水流冲洗双手并淌过前臂从肘尖落下。他要这样刷洗三遍，而且要刷到肘上两厘米，在这个过程中两手再也不能碰触任何物品，连水管的龙头都必须用额头开关，好在那龙头设计有长长的把手，额头很容易指使。接下去是神经兮兮小心地拿起一块高压消毒过的小方巾，擦干双手双臂——擦手的技巧备极讲究，不能让手碰上擦过手以上部分的方巾的任何一角，擦完后捏着小方巾马上扔开，像是捏着一蟠蛇——这时，你才能将手伸进高高的细细的白瓷泡手桶，让浓度为百分之七十五的酒精漫过你的臂肘。你要在浓重的酒精气息里弯着腰坚持十几分钟，然后才能站直腰身走进手术室，穿上手术衣，而从此之后，你的手除了消毒过的物品外啥都不能碰了，成了彻底的现实中的废手，只能手术时才行使手的灵巧功能。

既然已经洗好手进了手术室，那就得立即穿上手术衣。而一想到穿手术衣，梁栋都有点紧张，老怕自己双手拎起打开的消毒包里的手术衣时一不小心给掉在地上，那样前功尽弃，说不定要被撵出手术室从此不再允许走进这所神秘的神圣的白屋子。好在他担心的事情一直没有发生，他双手小心地掂起折叠好的消毒手术衣的两角，只轻轻一抖就抖开了，而且像书上要求的那样没有碰上哪怕是丝毫自己的身体或者其他器物上。他将两手伸进反折着的袖筒，接着略微含胸找到身前垂下的两条细绳般的带子，交叉双手把带头递给身后的护士。那个巡回护士早已等在后头，接过他手里的带子轻轻一捘，在他腰后打了一个结……现在梁栋穿戴齐备了，只等一声令下手术开始。他甚至也戴上了手套，手掌对拍抖落橡胶手套上沾染的细碎的滑石粉（防止橡胶加热时黏结的）。这是梁栋平生第二次走进手术室，而对于每一个医学学校毕业的学生来说，手术室都是最初的医生生涯的开端，有着明确的象征意义。之前梁栋在母校的附属医院里短期见习过，但见习学生是不让参与手术的，甚至他都没有机会参观一下手术，甚至在外科见习的一周不知什么缘故竟然没安排他走进手术室。他真正呼吸到手术室神秘的气息仍然是在这所实习医院，在不久前他跟着皮医生做的一个阑尾切除术。他从心眼里很感激皮医生，这么轻易就让他当了第一助手站在了手术台上站在了他的对面。那次手术梁栋表现不错，尽管两手扯着丝线结扎出血点时有点机械木讷，动作迟滞，但皮医生一点儿也没责备他，甚至没说一个字的批评话。那个手术也很顺利，手术刀切开腹腔的一刹那，肿胀的阑尾像是接到了通知，一撅就从刀口下显露出来。他配合着皮医生循序切掉阑尾，没有出现一丝破绽，那条生了病的阑尾已经血糊淋啦地老老实实躺在了白瓷方盘里。

　　但这次的手术却不一样，不是一条发了炎的阑尾那么简单。梁栋被发出异味的泛黄的手术衣包裹得严严实实站在手术室一角时心里仍在打鼓，他觉得皮医生的决断有点草率，依据他课本上学的知识，他知道安生这种伤叫火器伤，而所有火器伤都不像想象的那样简单。也许不是你看见的仅仅是一处洞眼，洞眼深处谁又能拿得准究竟哪些器官受到了重创呢！但皮医生根本没有细作思量，就要上手术台。他能拿下这台手术吗？他能救得了这个奄奄一息的孩子吗？……梁栋满腹狐疑，两只耳朵一直在侦察一墙之隔的洗手室的声响，希望早一点听到皮医生的动作，希望发生一点小小的变化，比如传说中的拥有绝技的岳大夫能来手术室，那样安生就有救了。其实这哪儿又有可能呢，皮医生和岳大夫水火不相容，他接诊的病人怎么可能让岳大夫插手呢！知道不可能，但梁栋仍然心怀一丝希冀。

皮医生洗好手走进手术室是在一个小时之后，正像预计的那样，黑夜中输血队员并不像想象的那样好找，血源一直是个悬而未决的问题。皮医生起初没当回事的事儿，最后真的成了件异常棘手的事情。怎么办？输不上血手术是不能如期进行的，麻醉师不一定配合，而且没有输血之前贸然打开腹腔进行手术病人是承受不了的。皮医生深知利害，所以一趟趟去化验室，去探问派去传唤输血队员的信使的消息。结果可想而知，这么个黑夜，连派去的人都没了消息何况要叫的人！但病人已经进了手术室，从手术室护士到麻醉师一应人马全部整装待命，这边血源却掉了链子，总不能把病人再撤下手术台吧！皮医生坐在门诊室一根接一根抽烟，把两间屋子的诊室吹成了狼烟囱。他在烟雾弥漫中着急，而安生爹在手术室外头转圈，一圈一圈转，不时转回门诊室问皮医生。这可怎么办！这可怎么办！！皮医生头都大了，可丝毫没有办法。实在没办法皮医生再次走到手术室，叫出麻醉师问能不能多输点生理盐水维接着血压开始手术。麻醉师双眼盯着他，以为他在说梦话。麻醉师说生理盐水不能维持血压允许他施行麻醉，没有血源他没办法麻醉！麻醉师孙医生是个小个子，不苟言笑，说话却斩钉截铁。皮医生茫然地看着他，真希望突然蹦出来个什么神仙人物送来汩汩不断的鲜红血液解燃眉之急。

　　真正解燃眉之急的是护士长。这是位五十岁上下的利落女人，按说今天不是她值班，但她听说有手术不放心，临睡觉前仍然来了趟手术室，看一切是否准备停当。护士长总是不声不响悄然行事，手术室里没有什么能逃脱她的眼睛。她在手术室里东瞅瞅西看看，想挑出点漏洞。她查看了氧气瓶，查问了烧火加热的具体情形，甚至还看了一眼梁栋，走近他问他这是第几次进手术室，为啥之前没见过他，洗手是否执行了程序……就是在护士长查看手术台上躺着的孩子时，才得知手术拖延下来是因为血源。她沉吟了片刻，说："想想办法呗，活人不能叫尿憋死！"麻醉师忠实地坐在手术台的头端，观察着病人。麻醉师说："能有什么办法？"护士长扫了他一眼，没再多说话就走出了手术室。

　　护士长是去内科求助，让值班的医生帮忙问问血源。这是她的经验，没有什么事情能够难住她，在最无助的时刻她总能想到办法。果不其然，内科有一位年轻母亲，孩子患了严重的化脓性结膜炎，已经住院三四天，感染初步控制，在最需要治疗的时候她却衣袋瘪瘪两手空空。她当天的处方都没有拿药，要是明天再拿不出药来，除了眼睁睁看着孩子病情加重外，她要被扫地出门的。她正在病房里独自哭泣的时候，给她孩子看病的那位慈祥的年轻男医生为她指明了方向，让她火速赶往化验室。这位母亲满心欢喜，以为她的孩子有救了，不但明天能够一如既往地接受治疗，而且她不会成为一个瞎子的母亲了。她马上擦干泪水，动作灵敏地在化验室里撸起衣袖伸出了胳膊。安生爹再次踅进门诊楼的那两间外科诊室时，皮医生眉开眼笑地告诉他说血源问题解决了，他的儿子可以手术了。

是的，是护士长救了安生，那位母亲的血型和安生般配，因而不但救了她自己的儿子也救了别人的儿子。她殷红的血液很快就要流进安生失血的身体里，接着安生那些被火枪打坏的器官就会得到及时的修补，而安生爹的愧疚就会减轻一些。

雪中送炭的供血母亲让皮医生卸了包袱，心里猛一轻松。洗手室里很快传来了淅淅沥沥的流水声——这位主刀医生开始洗手了，也就是说手术马上就要开始了。尽管悬吊在架子上的输血瓶正在欢快地一滴滴地把鲜红的血液流进安生瘦小的身躯里，但梁栋悬着的心却没有放下来。他在替安生发愁。

手术护士也穿好了消毒衣，而且在器械台上打开手术包，开始清点各种术前物品。为了防止手术中物品遗留腹腔，手术前要小心清点物品数量，大到每一块巾单、每一把剪刀止血钳，小到每一方纱布、刀柄与刀片，甚至每一枚缝合弯针，都要有详细记录，关闭腹腔前必须一一对应。器械护士清脆的报数声显得格外响亮，巡回护士在一张纸上写下数目。年轻的麻醉师也已进入战斗状态，经过反复测量血压，他觉得安生的身体可以接受他的麻醉了，不至于在手术台上咽气而追查他的责任。他要给安生施行全麻，他已经皱着眉头计算好用药量。当时氯胺酮还算是最新的麻醉药，号称是最安全的麻醉方法，比之前惯例使用的乙醚麻醉不知要好多少倍，而且副作用也少，正在被逐渐接纳。每一种新药在临床上应用都是充满曲折，使用者很难从古老而习惯的方法中走出。麻醉师孙医生还算是开明的医生，而且也算是摸清了这一种新药的性格与脾气，能够把静脉滴注的药量与速度掌握得恰如其分。

从安生来就诊到现在，已经前前后后折腾了三个多小时。安生的两只胳膊被固定在从手术床平伸出去的托架上，两只胳膊上都扎着输液针头。他失血太多了，随时会发生休克，如果没有充足的液体鼓胀他的动脉，他那瘦小的身体能否承受麻醉真是说不定。输液器半路上的滴管欢快地滴淌着，甚至液体已经一滴跟着一滴，呈线状流淌了。另一路正在输血，悬吊的玻璃瓶里所剩无几的红得发黑的血液上浮出很厚的红沫。现在人间的所有痛苦已和安生无关，他在沉睡中，也许在做梦，看见奔跑的兔子了。当掀去遮盖的布单时，安生消瘦的身体令人哀怜，平躺在那儿任人宰割。其实即使不把他的手脚用绷带拴牢固定在架子上他也不一定有丝毫的动作了，他只剩了一口气，那才叫奄奄一息。孙医生总在担心即使他能够麻醉这个少年，但这个极度虚弱的小身体也难以抵得住手术。他不断地给他测血压，不断地观察用胶布贴在安生鼻孔前的被扯虚成丝的消毒棉，好几次他都看见棉花丝不再轻轻翕动了，他怀疑这副小小身躯里的心脏已经停搏，立即抓起听诊器贴近安生的左胸。但生命的气息仍在顽强游荡，心跳声通过弯弯曲曲的细管不屈不挠响着，仿佛在挑战。

在梁栋等得心生厌倦都有点支持不住时，皮医生激起的水声稀落乃至消失了许久后终于他笔直的身坏嵌在了连接洗手室与手术间的门洞里。白口罩遮严实了他的大半边俊朗面孔，但两只睁得很大的眼睛望望这个又望望那个，最后望到了安静地躺在无影灯下的安生。安生如今赤条条躺在那儿，护士已经揭去覆盖的布单，除了遮住伤口的一块消毒纱布外，他一丝不挂，单等皮医生手握长柄卵圆钳夹起一团碘酊棉球给他做皮肤消毒。皮医生也确实要施行皮肤消毒了，他没穿手术衣（消毒完成后才能穿），径直走到手术床前。他接过护士递过来的长钳夹起了那块血污纱布观察伤口——如今火枪铳出的伤口在无影灯照耀下完全袒露了出来：在肚脐的左侧，有点奇形怪状，甚至不能说它是圆的，略微外翻，边缘有些焦煳，不知是血还是火药的黑色给溃烂变形的肌肉染上了不伦不类的混乱颜色……皮医生盯着伤口好一会儿，像是在沉思，持着消毒长钳的右手悬滞在半空。接着皮医生从双脚踩着的垫高踏板上退下来，先是迟疑后是坚定地说："这得叫岳大夫来！"到了这个时候他才想起岳大夫，而之前他竟然没想过他从来就没有过金刚钻，是揽不了这个瓷器活儿的。孙医生鼻孔里哼了一声，一脸不屑，连瞧一眼皮医生的兴趣都没有。孙医生扭头招呼巡回护士："快快，去找岳大夫吧，我怕时间太久病人衰弱……"他话里的意思是：你们这样拖延时间，要是病人出了问题可别找我麻醉的事儿！按说孙医生应该在皮肤消毒开始之前施行麻醉，就是因为不放心皮医生，他一直拖着没有给药。皮医生当然很明白他这种行为的后果，但要是不这样做后果更严重。两害相权取其轻，他只有将这处底里不明的枪伤推给岳大夫，别无选择。他是在怨自己大意了，太大意了，他一直当成是打兔子的土火药枪碰了一家伙，伤口不会太深，无非是破点皮而已淌血稍多而已，真没想到深不可测，弄不清到底哪些重要器官受到火药熏腾。他有点沮丧，但他只能领认这沮丧。

梁栋觉得皮医生有点大煞风景，连他跟着他实习都觉得有一种轻微的耻辱。此时他已经在房间角落里站了一个多小时，而且是穿着手术衣，不能走动也不能做其他动作，两只手只能搭放在胸前一层单布缝出的小隔挡里。他祈求着手术开始，开始他第一次登上重大外伤手术台的值得纪念的时刻。他没想到皮医生临阵逃脱，而且是这么不光彩地告退。除了稍微的羞耻，他还有点替皮医生难过。

第三章

手术室里越来越温暖，似乎平日里让人生出寒冷的日光灯也格外明亮，也像夏天里的白太阳一样发散热度。梁栋身上已经有点冒汗，而且不知道是站累了的缘故还是顶不住手术室五味杂陈的浓郁气息，他竟有点昏昏欲睡。有一刻他怀疑是麻醉师不小心逸散了乙醚，不然不会这样困顿。手术室里厚重的气味确实不是一般人能够消受得了的，比如酒精暴烈的气息，还有碘酊、新洁尔灭怪异的味道；最让人不能忍受的是棉布经过高压消毒后膨散的那种膛糇味儿，一闻就让人头痛。还有独树一帜的血腥，还有各种各样病灶释放出来的怪味，甚至溃脓味……各种疾病腐败的气息。这些丰富的味道早已与这间白房间融为一体，互相渗透掺和，不分你我。整个房间里的气息具有轻度的麻醉作用，初闻惊悚，再闻麻木倦怠，多闻后就有点催眠了。但这些气味皆可忍受，都是人间的气息，恶劣也恶劣不到哪儿去，当每次手术后开亮紫外线灯照射消毒后，那种腥味才真叫异味之巅峰，纵使你刀枪不入，只要初进了这房间张一张鼻孔，十之八九马上呕吐。好在手术室的工作人员百炼成钢，早已对气味麻木迟钝。日后梁栋也会入乡随俗，别说紫外线消毒的气息，就是再怪异的什么福尔马林什么硫化氢这些诸多比一切人间气息都剧烈暴躁的臭味也要习以为常，鲍鱼之肆里不能分香臭。

　　好，岳大夫没有让大伙儿失望，手术室里充满希望的凝息时刻并没有持续多久，也许只有十分钟二十分钟吧，洗手室就开始水声喧哗了。孙医生情绪安定了下来，不再惶然匆急，马上动手静脉注射氯胺酮。另外两个护士也都各就各位，明白这一次才是手术开始，之前都是书帽，故事压根儿开场不了的。呆立的梁栋心里的一块石头落了地，不但替安生庆幸，更为能和传说中本领高强的岳大夫同台手术而自豪。他满怀期待，想早一点领教岳大夫的精湛技艺。

岳大夫从洗手室走了过来。他看上去很瘦削，个头儿很高，因而有点驼背。尽管白口罩捂满了面孔的四分之三，但仍能看见那双略带疲倦的眼睛。他谁也没看，首先走到手术台旁看望安生，而且看得很仔细，拿着镊子翻了一下伤口。他什么也没说，朝着洗手室喊："加快点进度张医生，开始手术啦！"喊话并没有耽搁他忙碌的两只手，他已经熟练地在为安生消毒皮肤。他仍然没有看其他人，也没有端详梁栋一眼，似乎根本不清楚都是谁参加手术，当然，他叫的那个张医生肯定是他的第一助手了。他用长柄钳夹着碘酊棉球以伤口为中心逐渐扩展着朝外擦拭，接着马上又换成酒精棉球溶去刚刚涂布的略微发红的碘酊。他扔开消毒钳才第一次抬头看人，"现在血压怎样？"他盯着孙医生。孙医生像其他医生一样对岳大夫当然也是不耐烦，对于孤傲不驯的人大家都是如此，但他所拥有的强大本领你又不能不服，所以在厌烦中有着相当的尊重。孙医生一五一十事无巨细地汇报着安生的病情以及正在进行的麻醉步骤，而且汇报之中巧妙地藏着伏笔，一旦病人有个三长两短他好为自己开脱。岳大夫不管这一套，他只是了解一下，好为他的手术提供参考。他听孙医生讲话听了三分之二，剩下的埋伏他已经顾不上细听。他利落地穿上消毒手术衣，戴上手套并习惯性地拍手震掉橡胶上黏附的滑石粉。这时那个洗手的张医生也全副武装站到了手术床前，站到了岳大夫的对面，而梁栋就在岳大夫的身旁就位——那是不太重要的第二助手的位置。梁栋的左侧是手术护士，正在把刀片安装在刀柄上，几根已经纫上细丝线的不同型号的弯针也已经扎上纱布卷，整装待发。这时候岳大夫才溜了梁栋一眼："噢，你叫小梁啊。"他的手没有使闲，在咔咔嚓嚓地灵巧地钳紧保护伤口的小方巾。从他使唤布巾钳的声响就能听出来他做手术有多么熟练，他的食指与拇指握着钳环，钳紧时根本不是咯噔咯噔响几下，而是一步到位，吱地一叫，他的手已经离开，接过了另一把布巾钳。接着是铺两块对折的中单，接着铺大单——大单的中间挖有一处椭圆状长洞，用来暴露手术切口。无影灯忠实地朗照着，岳大夫用手指触摸了一下安生的腹部来揣定皮下组织的厚度，接着掂起手术刀刀尖对着皮肤一按一拉，平滑的腹壁已经被切开，而且分毫不差，刀尖划开了皮肤和皮下组织，正好触及肌膜但并没有划伤肌膜（这样一刀切开便于愈合）。这才叫本事，每个病人的腹壁厚薄不一，能一刀下去正好切及肌膜，不知要修行多久才能得道。他选择的切口也是胸有成竹，以伤口为中心点略呈弧形向上下延伸，这样容易缝合而且切口疤痕最小。接着只听见剪刀咯吱咯吱地低叫，看不清他舞动的手指在做什么，腹壁已经掀开。对面的张医生全副精力也都放在手上，不断地配合着切开的刀口在钳夹出血点，伶俐的手指绕动着丝线解扎血管。梁栋要做的是听候指令，递给两位紧张工作着的医生各种器械。"止血钳！"岳大夫说。"丝线！"张医生说。他们发出命令时从来不看人，只是盯着刀口，甚至不看你究竟递给他什么。有一次明明岳大夫叫的是"止血钳"梁栋准确无误地递过去但那只戴着橡胶手套的手抓着小小的止血钳敲了他的手背一下，敲得生疼生疼。"我要的是剪刀！"岳大夫带了点火气，但仍没有瞅梁栋，仿佛在对着空气发号施令。他将那把止血钳扔开，仍然伸着手掌等待剪刀降临。

现在安生的小肠肠管从腹腔里被掏了出来，搁放在一只白瓷方盘里。那些曲折的粉红色的肠管顾自蠕动着，根本没有意识到它们不是处于黑暗而温热的腹腔中，而是待在了明亮的无影灯下，正被好几双眼睛仔细观察。岳大夫看见了好几处肠壁上的破洞，当然也看见了一片一片黑暗的瘀血，但他暂时顾不上这些他一寸一寸从腹腔里掏出来的肠管，他一脸严肃，有太多要紧的事情。他让张医生最大可能地拉开切口，开始对腹腔脏器逐一检查。他根据经验，运用眼睛和手指来确定脏器的伤害与缺损。岳大夫有时调整着目光角度窥瞰，有时则半仰着脸眼睛盯着什么其实什么也没看地体会手指上的感觉。他边动作边喏喏，自言自语，仿佛只有通过这种低声的自我质问和回答才能确立他的判断。此时的手术室里鸦雀无声，斜躺在安生头部的像是炮弹一样的钢制氧气瓶上的湿化玻璃瓶里咕嘟咕嘟的氧气输送声音显得格外响亮，像是鼓点。某一只天花板悬置的日光灯镇流器略有毛病，发出一种持续的低低的嗡嗡声，平时根本听不见，而此时却清晰可闻，有点声震屋瓦。"肝脏没有损害。"岳大夫触摸着肝脏完整的边缘半仰着脸说……"脾脏也没有受伤！"岳大夫有点兴奋，因为只要肝脏与脾脏没有破裂，安生的存活希望是很大的。这两个脏器是血流的集聚处，只要受损，不但出血量大，而且修复手术并不简单。此时的岳大夫有点战争中站在作战沙盘前的将军派头，全神贯注在安生的腹腔里，根本没有想到他的周围还有一圈人。从人体脏腑深处洋溢的一种略带幽香的清新气息在弥漫，甚至让手术室里复杂厚重的气味有点甘拜下风。那是活跃的生命气息，像是劲风，只是一不小心走出它的巢穴，走到了人间。肠管在方盘里蠕动着，从容而不屈不挠，一点儿也没有改变它的节奏，好像它来自久远的时间深处，来自原始的黑暗，来自一个并非我们所能说透的世界。它们来到了这个陌生世界，但并不准备理会这个世界的一切，无论是灯光也好、冰冷的镀镍金属器械也好，也无论锋利或迟钝……它不管不顾，只是保持自己的一贯的状态不变，哪怕是碎为齑粉，仍然那样蠕动不止，一切皆如原初，直至消失。

当然，腹主动脉也完好无损，如果有一粒铁霰钻破了这条纵贯全身的大动脉，那安生纵有九条命也不可能活到此刻了。但火枪口是在脐旁朝着这条动脉射击的，之所以没有击破它，只是堆积的蠕动不止的肠管们有效地保护了它。肠管缓和了霰弹的威力，或者说遏止了它们的前进路线。而肝脏和脾脏幸免于难有点不可解释，因为枪口向上倾斜，霰弹喷射而出后立即扩大半径，足可以覆盖半边身体，这些重要脏器都在它有效的射程之内。但是部分霰弹被肠管阻挡，而枪口的倾斜度刚刚能够使所有霰弹通过肝脏与脾脏之间并不宽敞的峡谷铳向上头，然后又被胃和横膈作为第二道防线煞停。是的，这些脏器的破损虽然极其严重，但还没有到危及生命的地步，还留有时机让岳大夫和他的助手们一起来挽回这条生命本身。

"吸引器！"岳大夫简短地命令着，一只手抓住梁栋递给他的橡胶吸引管一端同时将另一端丢下手术台，巡回护士立即捡起来与早已拉过来的电动吸引器的接管插合一体。好几瓶温好的生理盐水倒进一个方盘里，然后递给岳大夫又倒进腹腔，因为腹腔里一派杂乱，从胃里和肠道里流出的花色繁杂的内容物（甚至有几片绿色的葱叶和一两段没有嚼碎的面条）与血液、渗出液混合，需要马上冲洗并清理。电动吸引器嗡鸣起来，吸引管发出响亮的汲水声。现在腹腔清洁了，视野开始清晰，有一支铅笔芯粗细的小动脉活跃地喷射着鲜血，像是一处微型红色喷泉，它好像还想隐藏，但没有成功，一只止血钳咔叽一声夹住了它，接着灵巧绕动的丝线彻底断绝了它死灰复燃的念头。好几处出血都被有效制止，接下去就要有条不紊修补那些在方盘里蠕动不止的漏洞百出的肠管了，可正在这关键时刻，九孔无影灯噌地一下不亮了，灭了。

手术室陷进了一片漆黑中，这种漆黑瞬间将手术室的神秘打碎，因为这里的漆黑和黑夜中每一处的漆黑并无二致。但这漆黑也让手术室更加神秘，原先清晰可见的一切现在通通被漆黑淹没，仿佛全都没存在过，既没有照耀出泛出蓝头黄头绿头光辉的无影灯也没有青光射目的镀镍的精致钳子啊剪子啊拉钩啊刀子啊什么的一应器械，也没有雪白的一切，包括技艺高超的岳大夫和青瓜蛋子医生梁栋……反正一切像是梦幻，不是此刻是梦幻就是先前是梦幻！

大家对停电习以为常，并没有惊讶声，只是叹息了一下，觉得手头正在紧忙慢忙，恰恰这时候停电，不由自主地生叹。但当年电是紧缺货，管电的那些电业局的人都是大爷，是最吃香的行业，远超看病的这群医生。电才不管你急不急呢，它甚至也不管人命关天，只是任性地想停就停，想来就来想走就走，无比潇洒。最要命的是，停电了却没有对付停电的设备，应急灯还要等上若干年才被浙江的那些乡镇小厂生产出来，而此时那些小厂说不定连建厂的念头都还没有从头脑里生出来呢。理论上是可以使用手电筒的，无非费几节电池，但手电筒的光斑太弱小，照在血糊淋啦的内脏深处效果可疑，而真正不可行的则是手电筒放在何种位置，消毒无菌的手术野上空全是禁飞领空，一只手电筒如何才能自如调换着角度不对手术区域构成污染呢？所以，除了等待电的二度光临外，别无他策。

　　所幸腹腔打开，已经冲洗完毕，也制止了进一步的出血。等候要做的是修补破损的肠管、胃和横膈膜（是不是肺也有损伤还说不定呢），还有就是，病人能够熬过这漫长的等待的黑暗吗？他出血过多，已经耽搁了太久，现在又要耽搁下去，谁能保证他能在关闭腹腔的最后一刻仍能呼吸平稳心跳正常呢！

　　一支点燃的白蜡烛插在空吊瓶的瓶口上被端了过来，放在安生头旁不大的麻醉小桌上。孙医生兢兢业业地守望着安生的头，仿佛那个安静的头与脸与此刻展现在手术台上的五花八门的腹腔脏器根本不是一个人的，是两码事。安生仅只是昏睡中的那张脸，而手术台上冒着热气的腹腔压根儿是与安生无关的，也看不出有啥关联。在烛光下，安生面色的苍白也被模糊混淆，他满脸布满安详，像是梦里看见了一只飞奔的兔子，而且他端起老火枪一枪就撂倒了那只飞掠过半空的吸引人的小东西。

安生的各项生命体征还算平稳，这一点从略有倦意的孙医生那张脸上可以看出来。他就着烛光又给安生测了一次血压，记下数值后他的双眼又眯了起来。岳大夫拿生理盐水湿透的纱布盖好方盘里的肠管，他要尽可能让肠管像在腹腔里一样湿润温暖（这当然不可能）。如法炮制，他也用湿纱布盖严实手术切口。他的这些措施能起多大作用不得而知，但对于安生来说，手术时间每延长一分钟他的危险也就加剧一分。他被剖膛开肚，所有过惯隐蔽生活的脏器如今都暴露在空气中，那些不停蠕动的肠管像是在抗议，它的每一次舒张都蕴满愤怒。就是安生万幸熬过了手术期，过久的手术时间也增加术后感染的概率——感染是另一场战役，一点儿也不亚于手术本身。所以，对于安生的生与死来说，电起着举足轻重的重大作用。

黑夜深沉，阒寂无声。突然，一个女人的哭声传来，那是一种恸哭，声音不算太高但有着无限的穿透力，充满绝望，凄厉悲怆。岳大夫说是内科的一个肝癌患者，他下午去会诊过，知道他撑不过今夜。那个患者的遗体当然要停放太平间，而医院的太平间就在手术室东侧不远的地方，靠近医院的北院墙搭了间小屋，名作太平间，其实就是一间孤零零的临时搭建的屋子，平时黑咕隆咚的，好像里头也没装电灯（梁栋还没进过那间特殊的屋子，不知道里头的具体情形）。那间屋子充满阴气，在这样的冬夜，这个女人又如何守候在死去的亲人身旁呢？而仅仅离他们几十步之遥的安生爹，在这哭声里又会作何感想？他的哀愁不比这位成了寡妇的女人少，但哭泣又能起啥子作用呢！他只有努力烧火，让手术室里热气腾腾，让他脱得光溜溜一丝不挂的儿子不至于挨冻。在这样的没有灯光的黑夜里，这个赤手空拳的父亲干着急不出汗，只有心里不停地祈愿着电早一点光临。

尽管停止了手术，所有的人站在原位却动弹不得，因为手术的无菌区域和有菌区域是严格分开的，穿了消毒手术衣戴了手套只能局限在手术台上。他们就这样呆立在那儿，互相离得如此之近，要不是都戴着大口罩，彼此的呼吸声都能听清。对面的张医生平时话少，这个紧张等待的时刻自不会多说。孙医生是唯一坐着的人，有着优先的位置，于是率先开了口。他想说点什么事儿来打破沉默，再者他也确实想说说他当兵的事儿，觉得那是他值得自豪的经历。但孙医生一讲他在云南某地当兵的事儿，总是不自主地扯到当时班里的兵士怎样和驻地附近的姑娘谈恋爱，说着说着总是不着调儿。岳大夫可能是听腻这些片段了，就打断了他的话，开始说他的治病往事，说他如何在一无所有的情形下开展手术（这个梁栋最爱听）。他们的话题是从眼下的断电谈起的，说到了诸般手术条件太差，不知怎么也就谈起了条件更差也能手术的事儿。岳大夫说话磕磕绊绊的，不太连续，但逻辑很严密，线索也明晰，有点像他的手术程序。

岳大夫的事迹梁栋早有耳闻，他知道岳大夫是"文革"前毕业的医学院大学生，仅仅是因为嘴没上锁说错了话，就被打成"右派"下放到本县一个最偏僻的公社卫生院，在那儿一待就是十几年。但岳大夫生就的是当医生的料儿，在两手空空的情形下，他竟然开展起了手术，远近知名。没有谁能说清在那样简陋的条件下，他如何切除阑尾、修复胃穿孔，甚至还做过剖腹产术、骨折固定术。没有麻醉，没有助手，没有配套的化验设施，没有必要的消毒设备……一无所有，但他治好了一批批病人，他所开展的手术让当时的这所县医院都有点汗颜。就是在这种情况下，这所县人民医院"乘改革开放的东风"（当时医院的报告是这样写的），把岳大夫设法挖了过来，以充实薄弱的外科力量。病人们都喜欢叫他"岳大夫"，而不是岳医生，仿佛"大夫"二字用在这儿比医生的称呼高出好些倍。医院里的同事们初开始也这样跟着称呼，叫着叫着就习惯了，等到他升任外科主任，也很少有人叫他岳主任，只是岳大夫岳大夫地叫，不曾改口。

岳大夫讲的是他去村子里蹲点搞"合作医疗"的事儿，碰上了一个急性阑尾炎，当时没有任何条件，那个卫生室只有两把止血钳、一支长镊子。他靠这三样家伙儿，顺利切掉了那条发炎的阑尾。其实手术器械没那么神秘，他就用小学生常玩的那种水果刀切开皮肤，用缝衣针缝合切口，用缝纫丝线结扎血管……那个手术照样做得很成功。只是要特别注意消毒，他之所以在如此简陋的条件下做下了这台手术，只是因为消毒做得不差：所有用得上的家伙儿都架起柴火沸水煮上一小时，而不能煮的家伙儿也用蒸汽熏蒸上一个小时。没有橡胶手套就不戴手套，直接用百分之七十五的酒精泡手，要多泡一会儿，照样能达到无菌的效果。用直针缝合切口确实不容易，但只要你有耐心，也能对合紧密。岳大夫那次是用的普鲁卡因局部麻醉，效果也很好，因为病人是个正值壮年的男人，扛事，最主要是发炎的阑尾疼得他死去活来，相较而言，切口的疼痛又算得了什么。当然，愈合后的切口好几年间一碰上阴天，总是发痒，总是一挠就掉出丝线的线头来。毕竟是缝衣线，不是手术线，排异反应强烈点儿也很正常。梁栋想问一问针灸麻醉的事儿，因为一度这种麻醉被当成新生事物吹得神乎其神，好像华佗用过的这种土法远超各种现代的麻醉药。岳大夫说别信这个，针灸麻醉偶尔管用，但不是每人都管用。在条件受限的基层卫生院他试过多次，但能说不能用，哪次让针灸上阵，哪怕是切个皮下囊肿，病人也会疼得像杀猪一样号叫不止。

这时候已经过了一个多小时，岳大夫让巡回护士准备手电筒，如果半小时后再不来电，他们只能使用手电筒了。手术切口敞开着，腹腔脏器暴露着，不能也不允许再这样无限挨下去。电这孙子谁知道它还来不来啊！岳大夫说着说着有点恼火，总想骂人。

电这玩意儿貌似很强大，其实很虚弱，竟然搁不住人骂它，一骂它就有点怯劲了，尤其是岳大夫这样的名医骂它就愈加害怕——岳大夫话刚落地，手电筒还没有被拿进手术室，只听日光灯上的镇流器咔叭咔叭响了两下，光明哗啦降临。大家都有点不适应，眼睛眯缝着迎接这劈顶而下的瓢泼似的光明。手术台上马上紧张起来，几只手灵巧地运作着。先处理肠管，那些蠕动的肠管好像早已等不及，一看岳大夫拿它们就蠕动得更欢了。但它们受伤确实太厉害了，肠壁上有好几处破洞，而且分散在几段肠体上，更严重的是太多的霰弹（其实就是铁匠铺里收来的铁碴子）散布其中，大多数都嵌在肠壁上。岳大夫和张医生交换意见，商量如何处理这些破损的小肠。是的，大肠倒是受伤极轻，可以不需要特殊关照，岳大夫检查完横结肠和降结肠，这些看似应该受损的肠段，没有发现明显的破坏，连霰弹也很少。但小肠却担负过多过重的阻击掩护任务，伤痕累累。两个人最后商定的结果让人寒心，尤其是梁栋不能接受：小肠要切除五分之四！总长五米多的小肠只切剩一米多，安生这副身体要生长要活动，这么短的小肠怎么去吸收食物里的养分说不定连水分吸收都达不到标准……再说空房间里只有一两件小家具，四壁也受不了啊！腹腔过惯了充满丰盈的生活，如今一下子空空荡荡，它如何才能调整适应这瘪缩的一切！梁栋还做不到麻木不仁，他接诊了安生，已经把安生看成熟人或者说朋友，他的心里有点酸楚，无比难过。他还想到刚才麻醉之前的安生，扭着头在寻找支持，因为扑面而来的一切让他恐惧，他的眼神里充满祈求。梁栋明白安生是在找他，在一群白衣服捂严的人中竭力分辨出他，似乎这样就有一丝慰藉，能帮他减少一分恐惧。于是他说："能不能少切点，这些只有瘀血斑。"他指着一块发紫的肠壁询问岳大夫。按说实习生是没有资格参与这种病情讨论的，但岳大夫端详了一下那块瘀斑摇了摇头："肠壁很薄，霰弹很容易穿透，如果不切除坏死的肠壁会形成肠瘘，到那时病人要再次手术修复肠瘘……这个病人体质条件不好，不能接受二次手术了。"于是只能切除。肠钳夹住了肠管，锋利的手术刀咔咔一响，一段肠管已经断离。用大弯钳两两相对夹紧肠系膜，大弯针缝合结扎那些布满血管的系膜。正在缝合结扎的时候又有一条被切断的小动脉突然挣脱止血钳喷射血泉，喷出半尺多高，把岳大夫前臂上的手术衣溅出一片艳红，像盛开的点点花瓣。张医生稳准狠钳住了那调皮的血管，立即进行结扎。

肠管处理结束，被切掉的断肠递给护士端下手术台。尽管离开了身体，断肠似乎仍有蠕动，循着它一贯的节律。梁栋暗自想，生命应该是独立的永恒的，不会消失，那些断离的肠管在不懈地寻找生命延续的方式，只是暂时没有找到而已。它终会死去乃至消失，但肯定有承接者。生命是神秘的，不能用任何科学理论来解释……接下去是胃，胃的损伤堪比肠管。胃壁打出好几个烂洞，上边也是嵌满铁碴。他们试图剔掉那些黄豆大小米粒大小的霰弹，无奈太稠密，根本剔不净。铁霰被夹落在方盘里，发出清脆的金属撞击音。那些被拣出来的铁霰有的闪闪发亮，有的灰暗，在方盘里薄薄地摊敷了一层。胃壁也需要切除四分之三——这倒也没什么，治疗胃溃疡大部分切除时也是这个分量，但为什么梁栋的心里隐隐作痛？他突然想哭。但他知道自己是手术的第二助手，如今安生命悬一线，他不能此刻落泪。

　　岳大夫大刀阔斧，两只手刺刺溜溜一秒也不停。吸引器响了好几回了，腹腔里不时有新的积血产生，模糊手术视野，需要随时吸尽。他在询问孙医生这孩子的情况，询问之后也更加急切。时间就是生命，停电耽搁了太长时间，手术已经不能再拖延。但切除与缝合是细致活儿，一针一线一刀都不能遗留任何可能的问题……如今胃也切好了，该离断的都已离断，该闭合的也已闭合。岳大夫迅速暴露了横膈膜上的伤洞——这才是难题，因为横膈之上就是胸腔，胸腔里是肺叶，横膈受损其实也昭示了肺已经受伤。但他们没有选择，不可能再进一步打开胸腔探查。怎么办？岳大夫又在与张医生商量，他们小声地说着可能的伤情。"如果肺也被霰弹击伤，那此刻这孩子呼吸应该艰难，但他的呼吸还算平稳。"岳大夫看着张医生，看似商量，其实是自己在做思考。张医生事事都听岳大夫的，是岳大夫的得意门生。但在这个问题上他有自己的看法，他不知道究竟该如何处置，但也反对草草缝合横膈的伤口，那样明显留下隐患，如果肺有损伤（还不知道究竟程度如何），那病人下了手术台也挺不了多久。岳大夫看着他，听着他低声地说出自己的看法，但并没有听他的这些看法。"缝合！"岳大夫说，"肺的损伤可能没有估计的严重，因为火枪的霰弹到这儿已经挫去劲头儿……至于胸腔里的气体，我们放一个负压引流管，会被逐渐吸收。"没有徘徊余地，岳大夫已经刺溜一下扎下去弯针，接着粗线走过筋膜肌肉组织的钝钝的声响荡起，手术视野重新布满岳大夫忙碌的手指。

张医生和岳大夫配合默契，即使看法有分歧，但关键时刻他无条件执行岳大夫的指令。张医生也是工农兵学员，但他爱学习，无论他走到哪儿，你总能看见他随身带着厚厚的书本。他对其他事情都不感兴趣，不抽烟不喝酒不闲逛街，甚至很少与人交往，他只对这世界上一件事情感兴趣——看病。一见了病人他就两眼放光，平时寡言少语，但询问病情时却兴致勃勃，不漏过任何一个细节。就冲他爱学习这个劲头儿，岳大夫十分中意，所以大小手术都带着他，不离左右。许多重要的事情，也只有交给张医生去处理他才放心，俨然张医生成了他的左膀右臂，是他最得力的手术搭档。

　　从灯光再次亮起到手术结束，只用了不到两个小时。接着就急匆匆开始了清点器械关闭腹腔。作为参加手术的一种鼓励，岳大夫逐层缝合腹壁后把最后的皮肤缝合留下了几针，让梁栋动手体验一下。当站在正中位置那个脚垫上时，梁栋有点激动，手里的持针器总在微微哆嗦，好在张医生还坚守在对面，不时指导他的动作。他第一次体会弯针深入人的肌肤的迟钝与畅利感觉，有点害怕，也有点好奇。他缝合了弹孔之上的切口，总共有四五针，缝线的针脚有点歪斜，但针的进深绝对到位——那才是影响愈合的关键因素。张医生不厌其烦地教他调整手劲，而且握着剪刀等待着为他一针针剪线头。

　　在手术台站了好几个小时，岳大夫有点虚脱，他跳下脚垫立即脱去消毒手术衣，好像要摆脱约束轻松一下。"我得打个盹儿。"他说着话已经寻摸到了墙角的一个地方，那儿离汽油桶不远，即使待一会儿停止了烧火他仍然能够用余热取暖。水泥地板被熥得干燥温暖，先前洗刷的湿痕早已消逝。岳大夫确实太累了，把消毒手术衣团巴团巴往身子下一塞，然后往那儿一倚就眯上了眼睛。他将手术衣沾满血迹的一面朝里，垫在身下的是相对干净的一面。岳大夫朝那儿一歪很快进入梦乡，手术室响起低低的鼾声。巡回护士搬来一只椅子，想让他趴附上头更舒服些，张医生忙着手里的活儿仍然操着岳大夫的心："别叫醒岳老师了，他太累了，上午大查房，下午刚做完一台手术，马不停蹄又接着这个手术……让他歇一会儿吧！"张医生吱地剪断梁栋缝合皮肤的结扎线，叮嘱那个搬椅子的护士。

第四章

日光灯播洒着惨白的光亮，能照得人面无血色。梁栋在写病历，这是他每天的功课。他听见了房门的悄然开启，他甚至在房门开启之前也听见了安生爹透过玻璃门窗对房间内窥瞰，他的脸被模糊花答的玻璃弄得混乱变形，但他装作既没听见也没看见，他甚至不抬起头来。他用这种方式来表示他的不满。当然不是对他的来访不满，而是对他对他儿子的态度不满。安生爹小心地开门，尽量不弄出声响，而且关上门后走到他的对面，在那排供病人使用的长条椅上坐下。梁栋仍没抬起头，仍像是专心地在写那令他腻烦的千篇一律的病程记录，而其实他已经完成了这项他并不喜欢的工作，坐在他对面的人也明白他已经做完工作，只是对他不满意不想搭理他而已。梁栋对他的不满不是从今天开始，而是从他送儿子来到医院就开始了。他是父亲，儿子危在旦夕，而他呢竟然没有那种应该有的紧张，而是一直那样坦然，好像这都是理所当然的。他不能理解他这种态度，尽管知道了打生是他的行当，他看惯了死亡并亲手在导致一场场死亡而且经常生活在无人的黑夜里被旷野里的黑暗渍透，这种冷峻或者说平静是一种习惯，但梁栋仍然对他看不惯。

安生爹知道梁医生对他的不满，但他对他却没有丝毫不满。他从心底里感激这个实习医生。他对安生好，只要对他的儿子安生好无论对他自己多么不待见安生爹仍然觉得人家好得不得了，他总是对梁栋笑脸相迎，而且明显带有讨好的成分。他甚至把他当成了一个亲戚，一个因为关心他的儿子因而对他不满的亲戚。

梁栋觉得安生爹这人要多固执有多固执，盲目自信，真不知道他这种自信起源于啥，有什么理由。从第一天在门诊楼昏暗的楼道里等待皮医生前来时他就是这样，甚至不能让人容忍的是有时候他脸上竟然有笑容，尽管这种笑容一看就是出于习惯，即使落着泪那种有点苍老的面皮上有可能也会荡出笑意，就像湖水在冬天里结出了薄冰但有时仍能看见波浪被冻死时的形状。他说："没事。安生没事的！"那个时候梁栋忍无可忍，他真想质问他你凭什么说没事儿？人命关天，难道安生不是你儿子？难道你儿子不是因为你弄一条什么老火枪弄几把火药霰弹藏放在家里才出的事儿？而你竟然没事姑娘似的这么心安理得！梁栋真想上去扇他一巴掌，但他是实习医生，他可不能那样对待病人家属。要扇也轮不着他扇，自有人去扇他。可是事实上并没人去扇他，甚至连阻止的人也没有，连岳大夫对他这种从容淡然的态度也很认可竟然认为他是乐观！真是聪明一世糊涂一时，岳大夫怎么也有点皮医生的风格怎么认定安生爹这种不负责任的态度这种对自己的亲儿子冷漠的态度叫乐观！从这一点上梁栋竟有点看轻了岳大夫。

但岳大夫是不能看轻的，权威就是权威。不是岳大夫，安生这条命不知忽悠到哪里去了呢。尤其是手术台上对安生胸腔伤情的判断，并不是谁都能举重若轻地做出结论的，也不是谁都能让结论马上付诸实践的。他因为判定肺的伤情不重因而中止了对胸腔的进一步探查其实这很重要恰恰是这一招救了安生，安生哪能再经受什么胸腔探查啊，而不继续手术假使术后出现了肺部损伤的症状安生也是死路一条。但是安生没有出现任何呼吸不全的征象，他一直呼吸平稳，即使全身麻醉还没有清醒的头一个夜晚安生的呼吸也一直没有任何问题。头一夜梁栋一分钟也没合眼（这也是安生爹心怀感激的原因之一），他坐在医生办公室里，安生爹坐在病床前，他们都是坐到天亮。每隔半个小时梁栋总是准时推开病房门，去看望安生。他观察他的呼吸，用听诊器听他心脏跳动并记录心跳次数（因为胳膊上一直在输液而且脉搏太弱也摸不太清），看伤口的渗血与引流管的通畅情况……总之无微不至。

有梁栋在，安生爹悬着的心竟有点放下了。他把他当成一个亲戚了，所以他能容忍他的一切，即使梁栋说他两句甩给他脸子看，他一点儿也不介意。哪有这样好的医生啊，尤其是在这样一个远离村子人生地不熟的县医院里，谢天谢地，竟然碰上了梁医生！

也就是在头一夜，在只有他们两个守护垂危的安生时，有一次他检查完安生回到办公室，安生爹跟了过来算是道谢吧，于是他又听他说："不要紧的梁医生，安生没事的。安生好了一定要感谢你！"安生爹并不精通说话，他不会说好听话，更不会察言观色，他竟然没看出来梁栋多么讨厌他说没事的话儿，而他呢倒好，照说不误。真是木头疙瘩！真是脑子进水！于是梁栋说，好了好了，别说了！去看儿子吧，别离地方，有事儿随时叫我！

安生病情转好除了岳大夫的功劳外，也得感谢最新抗菌素的应用。此时氨苄青霉素应用于临床了，这种药是青霉素的变种，人类仅仅在青霉素的结构上变动了一个基团，就让那些欢呼雀跃的各色细菌一下子晕菜。自从半个世纪以前英国医生弗莱明发现青霉素并逐渐广泛应用于临床以来，细菌们一直闻风丧胆，但也在不懈地破解对付这种药物的方法。最初只要有几十个国际单位就足以制服引起败血症的各路细菌大军，后来药量一点点加大，眼下已经是动辄一千万两千万单位，仍然力不从心。眼看人类再次被狂妄的细菌战败，这时氨苄青霉素横空出世，经过亿万代前赴后继刚刚找到抵抗套路的细菌们只能尸横遍野，在人类智慧面前只能乖乖认输。

　　按说安生这种火器伤不感染几无可能，伤口污染严重，手术时间太长，反正细菌要在腹腔里安营扎寨会有一万个理由，它们能够惹出种种祸端，每一种都足以致人死命。比如化脓性腹膜炎，比如腹腔脓肿，比如败血症……而一旦感染，胃啊肠管啊那些吻合的切口愈合就变得艰难，说不定就形成肠瘘了。所以应该感谢这种新药，从第一天开始它已经冲锋陷阵，已经对细菌大军展开了讨伐。岳大夫好几次查房时都感叹药效，因为单单实施手术对于治疗来说是远远不够的，只有这样有效的药物配合才能达到理想效果。他没想到安生不但腹腔里没有感染症状，连手术切口也没发生感染，竟然像是那些无菌手术一样，缝线都干干燥燥，没有渗出液也没有红肿。可让安生爹说起来他只说安生没事儿的，好像安生病愈都在他的意料之中，是他说的而与技术精湛的岳大夫啊效力强劲的最新药物啊没有什么关系！

　　但新药实在是太贵了，一支零点五克就要五元钱（当时市场上鸡蛋一毛钱三个），而安生每日需要五克兑进吊瓶里滴注。点滴到第五天，安生爹有点撑不住，因为他的本来就不丰满的钱包早就瘪了，没钱再拿药了。其实手术后第二天安生还输过一次血，安生爹对血头儿好话说尽，人家才同意延缓三天付钱。反正你是住院病人，一时半刻又走不了，欠账就欠账，还没见过谁会去赖血账。但安生爹死要面子活受罪，连给儿子的药费都不凑手，他觉得他这个大男人太丢人！第五天刚刚查完房，梁栋递给他开好的药方后，他立马打道回府去斟掇银子了。

　　每天查房后接着就是给病人换药，有手术病人也有外伤，换药拆线什么的要挨病房转悠差不多一个上午。梁栋因为接诊并参与了安生的手术，岳大夫对他印象颇好，就一句话把他调到病房来，张医生就成了他的实习老师。张医生与皮医生同宗不同类，都是工农兵牌的大学生风格却迥异。张医生心无旁骛，不会去陪组织部副部长喝茅台酒也不会天天喷云吐雾，他把精力全用在业务上。张医生技术水平在外科紧随岳大夫之后，所以很受大伙儿爱戴。能跟着这样一个医生梁栋当然高兴，而且与皮医生形成如此大的反差，更让他觉得机会难得。张医生对梁栋也很认可，许多事情比如这换药拆线甚至开处方都是放手交给梁栋去做。

　　梁栋忙碌了一个上午，匆匆去食堂吃完午饭，回病房办公室的时候习惯性地要拐到对面的安生病房里看一眼。直到这时他才得悉安生的处方好好地放在床头的小柜上，并没有送到药房取回药品，安生爹回家拿钱直到此刻还没见影儿。梁栋问安生吃饭没有，安生看着他微微摇了摇头。他当然没吃午饭，他爹一查完房马上走了，说回家就让安稳来医院，可安稳可能还在路上呢。安生第三天已经恢复了肠鸣音，只要有肠鸣就能进食，因为他那重创的身体急需营养，伤口愈合还有抵抗感染都有赖于营养充足。而安生说早饭也是草草喝了点粥，因为爹一直挂心着今天的药费还有明天要还的血账。梁栋二话没说，打头回了食堂，他打了一份带肉的炒花菜，又买了一只馒头。梁栋是一路小跑着回病房的，他想让安生吃点稍热的饭菜。他把饭菜倒安生碗里,又给他背后垫上枕头扶他半坐在床头,这样方便吃饭。按说一间病房应该住两个病人,梁栋想到安生病重需要好好休养,所以新来的病人他和值班护士商量尽可能安排到其他病房里,这样安生这间房差不多是专用病房,可以夜里睡个好觉。梁栋动用他微不足道的属于实习医生的权力来为安生提供便利。就是他安顿安生吃饭时,安稳扛着竹篮子姗姗迟来。

安稳攞的是鸡蛋,就是因为这些鸡蛋他才不能走快,才耽搁了时间。鸡蛋下头垫了一层麦秸防止碰撞破碎,但又要走路又要鸡蛋们平稳相安无事,是颇费周折的。安稳拿把了一身汗,进屋头上冒着热气。顾不上擦汗,顾不上歇一歇,他马上跑到安生跟前。安生看见了安稳,瞻顾着梁医生在跟前,他尽力装作没看见安稳,他不去看他,但终于装不住,他突然叫了一声哥"哞"地长哭起来。安生的哭声不高,但不断地抽噎,泪水顺着窄窄的小脸流淌。安生没有多说一句话,只是在那儿哭哭哭,仿佛从进入医院直到此时他的感觉才苏醒,才知道几天来经历过恐怖与绝望的深渊。安稳上前从背后抱着安生,一只手不住地抹眼泪。

这是梁栋第一次看见安稳,也是安生受伤后兄弟俩头一回见面。安稳是哥哥,不能只顾哭泣耽搁了安生吃饭。他搊扶着安生坐好,腾出一只手给安生擦泪,安生心安理得地让他替他擦干泪水。安稳个头儿不算太高,但有的是力气。和安生比起来安稳性格开朗活泼,安生刚停止哭泣还没来得及介绍呢,他已经和梁栋打过招呼,像是见面的老熟人,张口一个梁医生闭口一个梁医生。安稳又会说话又善于行动，无论哪方面都讨人喜欢。他面颊红润，眼睛不大但眼珠漆黑闪闪发光，而且爱笑，三句话不说先自个儿笑了。他说虽然今天刚见面，但梁医生他早就熟透了，家里人天天都在说呢，多亏了梁医生安生才能手术顺利，才能这么好。安生笑眯眯地看着他哥说话，能感觉出他为有这样一个会说话的哥哥自豪，他甚至早忘了他的伤是因为与哥哥的纷争所致。他苍白的窄脸因为见了哥哥而闪射快乐的光彩，他拉安稳离他近一点儿，贴依着安稳问完这问那。这些天来从没见安生这么兴奋过，梁栋替安生高兴，就叮嘱安生快快吃饭，吃完饭得赶紧输液呢。

在安生吃饭的时候，梁栋拿着安生的处方去找张医生。张医生也吃食堂，而且总是每顿饭最后几个去食堂的人之一，刚才梁栋再度去食堂时看见张医生了。他向张医生说安生爹回家找钱了，处方到现在还没拿药，是不是先签个名保账，待会儿安生爹回来马上就能去药房结清。张医生总是碰上这种事儿，所以有点不情愿。但既然他带的实习生跑到食堂来找，他也不太好意思拒绝。他接过梁栋递过来的笔签上自己保账的名字，"以后这样的事儿要少管些，怕留尾巴，再说也违反医院的规定。"他低声地安排梁栋。梁栋当然清楚这些，但要是不找他签保账的处方，安生不知道啥时才能用上药呢。安稳说他爹回家也没找到钱，村子里能借的早已借遍，他又跑到十里外的姨家去借了，借来借不来还不知道呢。

梁栋没有把安生当成他的病人，而当成了一个伙伴。他替安生难过，为安生的未来担心。只要一想安生空荡荡的腹腔和那个黑夜他所见的一切，他马上心里一空，不知如何是好。每次都是他给安生换药，看着那凹陷的腹部，梁栋的心又开始悬起来悬起来。而一接触安生那信任的充满期望的目光，他又无地自容，竟然觉得自己在对安生犯罪。他说不清，总觉得对不起安生，总想为安生做点什么……事实上梁栋尽了一切可能替安生爹分忧解难。作为一个实习医生，他的权力太有限，但他每天替张医生开处方时（张医生对他相信，总是给他留下签好名的处方让他按病历上的医嘱誊抄），他把换药费、处置费开到最低收费标准，只要能蒙混过关就行。

安生爹之所以在他的对面坐下，梁栋当然知道他想说什么，其实他已经向他说过，不过是被他奚落了一顿而已。安生爹要明天出院，而且家里来接人的担架都安排下了。今天是术后第八天，上午刀口才拆线，而明天就要出院，梁栋觉得安生爹有毛病。他根本没把儿子的病当回事儿，口口声声不要紧不要紧！梁栋仍在生气。其实安生这么严重的创伤刚刚拆线怎么能出院啊！肠管的愈合究竟如何还需要进一步观察，是否会出现异常还不能确定；而安生的刀口刚拆线也不能过度动作，最好要加一条腹带捆住以防绷裂；还有他所剩无几的肠管吸收营养基本不够，对他创伤的恢复愈合都有严重影响，按说是需要补充营养的……梁栋明白生气也是白搭，他拦不住明天安生出院，但他要向安生爹详细说明注意事项，不能让他把安生的伤病不当回事儿。安生需要一日多餐，需要隔天换药密切注意伤口有无渗液，需要注意腹痛腹泻……

一分钱难倒英雄汉，梁栋年轻气盛，不知道生活的艰难，更不知道安生爹的苦处。他无力再支付药费，安生只有出院一条路。安生爹当然要找几个理由打打圆场给自己找个台阶下，不然也太没面子了。他说医院里不方便做饭，安生想吃点热汤热粥都是问题。医院里病人做饭是个古老的难题，从来没有过答案，一直就是在内科病房外头搭一溜临时木棚，棚子下支几尊蜂窝煤炉，病人家属们每天排队做饭，自带炊具。安生爹还说到房间里刚刚住下的这个病人，脑子有毛病，整夜整夜不睡觉，而白天呢又不断地来人吵吵闹闹。他说的这事也是实情，病房里已没房间，这个新来的外伤病人只能安排和安生住一起。这是个小伙子，是一桩老掉牙套路的爱情故事的主角。他和一个姑娘好上了，而女方家长死活不同意，于是两个人约好喝农药殉情，要"在天愿做比翼鸟，在地愿做连理枝"。姑娘是喝了，但他胃道浅，刚举起药瓶就哇啦吐了，干哕了，自然是没喝成。姑娘立即被送到这医院里抢救，他没喝也就没喝，偏偏谁也拦不住跑来医院要陪濒死的姑娘。接着那姑娘就真的如愿以偿，不再与这个世界的任何人包括这小伙子包括她的父母纠葛。她撒手走了。医院里照例要喧闹打斗一阵，哭声争吵声还有这小伙子加劲的哀号声此起彼伏。这人真是找揍，女方的家人们一看人断了气怒火冲天，正找不着出气的地方，而你自己送上门来，当然是拳脚相加。门诊楼前的急诊室旁骂声喧阗血肉飞扬，这小伙子能够捡条活命已算烧了高香。他右踝骨折，头皮破裂三处大口子，缝合后只能住院。做清创手术时小伙子仍在昏迷之

98

中，他有脑震荡，不过年轻顶事儿，清醒过来后不但没再呕吐也没喊头痛，只是随时从病床上坐起来，像是从雪堆里拱出来，顶着一头白绷带，白头上绽放着殷红的花瓣。他坐起来后两只青青紫紫的肿眼睛发直，他仰着脸扯着嗓子喊："春荣啊——"他的精神确实有点错乱，春荣是那个殉情姑娘的芳名。

安生爹想跟梁栋坐坐，说几句体己话。他无法表达感激之情，他只是觉得梁医生太好了，对他家安生有恩。他明白梁医生对他不满，也明白这不满在哪儿。他想在临走前给他解释一番。他知道自己会词不达意，说不到点子上，但他仍想说道说道。这件事儿本来他也想说出来，不然压在心里难受。而不知为什么他觉得梁医生是他的倾诉对象，他有什么心里话尽可以向他说。他与梁医生有一种天然的亲近感，也许这就是人们常说的气场吧。

梁栋终于将那摞铝合金的病历夹推向一旁，他磨转椅子朝向安生爹。他们之间隔着一只煤火炉，里头的蜂窝煤将炉盖都熥红了，白铁皮的烟囱拐了个弯攀向窗外。刚才安生爹也说到这煤火炉的事情了，他们房间里没有任何取暖设备，夜里加盖了两层被子还是暖不热被窝，总之已不适合住下去，非走不可。刚入院的时候他可是从来没提过这些事儿。但梁栋隐隐觉出自己有点错怪了安生爹，其实作为父亲他做得已挺不错，寸步不离，当爹又当妈（安生娘要看家，只来过医院一回）。安生爹其实是一表人才的，大高个头，宽脸膛，有两道浓眉，紧闭的嘴唇露出刚毅。安生爹扛过枪，一看真像个军人，但他没当过一天兵。他是个有脾气的人，但在梁栋这儿他却毕恭毕敬，所以梁栋也有点替他委屈，也想坐下来和他拉拉话儿。于是安生爹搓着他那双被火药霰弹染渍的黑手，给梁栋讲了这么一件事儿。他要向梁栋说明为啥他认定安生能扛过眼下这件事，他为啥对此坚信不疑。

那是当年开春发生的事儿，当时天气还冷峭，他夜里出门要穿上棉袄。那一夜他收获颇丰，在离村子七八里路的一处大洼里，趁着月光，他在麦苗里的斜梢路上竟然屡屡发现兔子，而且他根本不需要打开电瓶灯（用汽车的废电瓶、大号手电筒的灯碗自制的）。他一次次悄无声息端起火枪，几乎百发百中。尽管他已经习惯深夜的旷野，也早已习惯孤独一个人深入旷野，但今晚的这处地方总让他的汗毛站起来。他一次次告诫自己他有枪，枪里装着一搂就响的霰弹，任他什么来到眼前他也不会怯劲，都能对付。但他就是不断地汗毛直竖，他管不住自己。尤其是这兔子，竟有些邪门，一处远离村子的麦田里怎么可能有这么多的兔子呢？这有点不合常理。他忖度着，站在月光下看着不远处仍在蹦跳的兔子猜测。尽管只要他举枪，那只蹦跳的兔子肯定会老老实实跳进他摽在自行车后衣架旁的笆筐里，但他终究没有再举起枪来。这时他筐里已经装着十二只兔子，他不敢再打了。这是后半夜，东天已经微微透出晨光。他卷旗收兵。他算计了一下，从那儿到他要送野兔的集市上的那家餐馆还有十多里，他马上动身到集上天也就大亮了。

他把老火枪摽在车杠上，把电瓶灯放好在笆筐内。他在浓重的血腥气息里推起了自行车，他想赶紧逃离这个地方，当他推车的时候，他发现刚刚好好骑来的自行车竟然骑不动，像是有一万个人在朝后拽着。他在那条土路上死命蹬车子，但效果有限。他的心怦怦跳，他能听见心脏蹦到头顶上跳荡，但他需要冷静一下。常年在野地里奔波，他啥样的事儿都碰见过，即使有什么拽着他的自行车他也不至于束手无策。他停住并支好车子，没有马上急慌赶路，而是解开裤带撒了泡尿。当你一个人在漫拉子野地里遇见什么事儿时，你一定不要害怕，要先撒泡尿。这是经验。撒完尿他也没有马上骑车，他没事找事地检查了一下车子。自行车对于干他这行的人来说至关重要，尤其是下夜，是不允许出任何毛病的。安生爹有个习惯，就是每次临行前都要查看一遍他的自行车，哪怕是脚镫子松个螺丝钉他都要动手拧紧。深夜里一个人远离村庄一旦车子打搅你是没有办法的。但安生爹发现他的前车胎瘪瘪的，不知啥时没了一点气。他有点纳闷，因为前后不到两个小时，怎么可能气说撒就撒完了呢，而且没有一个人影儿，莫非是兔子们拧掉了他的气门芯？他拔出气门芯，一切完好无损。他怀疑是车胎被什么扎漏气了。车胎确实是被土路上的砂礓或者什么扎破了。

这都不是事儿，蹊跷的是他走出不久遇见了一个老头儿。尽管没有带什么东西，但推自行车并不是个轻减活儿，尤其是夜里深一脚浅一脚的，又不是三里二里，安生爹累了一身汗。这时候天也快亮了，东天上的白光面积越来越大，都差不多朦朦胧胧能辨清人的鼻眼了。月亮仍然高悬在头顶，贼明贼明。安生爹正走着，突然看见了前头有人，矮墩墩的，像是一个背有点驼的老人。赶黑路的人，总想找个拉话儿的，虽然眼看天就要亮了，但安生爹还是想有人说几句话，来压压一肚子的惊气。他紧赶几步，差不多看清那个弓腰一门心思行路的老人了。安生爹推测他是赶集的，因为附近的这个集镇是早集，赶集的人都得起早赶路。他上前搭话："大爷，你赶集啊？"他没指望马上得到回答，他担心人一老耳朵不好使。

但老人听见了，略微停了一停，可没有扭过脸来看他，也许是扭过了安生爹没有看见，但他肯定是嗅到了死兔子的血腥。"嗯，"他似乎这么回答了一声，"你打生啊？"老人问。安生爹说："春上农活少，擒几只兔子换个吸烟钱。"他们两个现在是并排走了。安生爹看见老人背着什么，于是劝他放在他自行车的后衣架上，这样走路更松快些。但老人没有采纳这建议，他说他惯了，背上不放点东西走路反而不痛快。反正两个人边走边拉呱，像是平时在路上碰见的熟人一样。

在两个人有一搭没一搭的闲话中，安生爹得知老人赶集是去卖烟叶，自家去年夏天晒的几捆烟叶，再不卖就变成柴火了。后来又说到他不仅卖烟叶，到集上还要摆摊算卦，他会掐八字，会算卦。原来是一个算卦先生，怨不得起这么早赶集，是想占个好摊位吧。但安生爹不信这一套，向来不让人算卦。他觉得算卦这玩意儿不可信，再说算出吉事来你得费心等着，算出祸事来净是担心。所以安生爹对卦摊子敬而远之，没想到赶早竟然与算卦先生同行，真是哪壶不开提哪壶。老人说他能算准未来之事，要是安生爹愿意，闲着也是闲着，权当是唠嗑，他就免费给他算一卦。安生爹不想算卦，不要钱他也不想让人算卦。

但最后他还是让老人算了卦，因为他想问问安稳的事儿。安稳当时正在说媒，有几个媒茬，他只是想问问跟哪个方位的媒茬扯联吉利。老人要了安稳的生辰，而且停下了脚步挺当回事儿地掐着手指嗫嚅天干地支，"丁亥……申酉……"他在天地间寻找着穴眼，要透视从前与未来。老人没有回答安生爹的询问，突然他说："你还有一个儿子呢，比这个儿子小。"

安生爹猛一激灵，在这么个雾灰灰的看不清人鼻子眼儿的清晨，在野路上，竟然有人知道他有两个儿子，竟然知道哪个大哪个小，这不能不让他警觉。这时他想看清老人的脸，但无论他多么加紧步伐总是赶不上那驼起的背。老人呼呼哧哧走得喘气，他喘着气说："你家小儿子不要紧，大儿子要当心！"安生爹想问个究竟，但老人尽管喘气却一直走得很快，他竟然有点跟不上他了。接着前头是一条向东拐去的路，这时候老人已经拐过路口，而安生爹想撵上他根本撵不上，最关键的是他应该向西走而不是往东——这时安生爹一下子吃怔了过来，既然是卖烟叶，他怎么不朝集市走呢？他往东走干啥？

"大爷，走错了……"安生爹吆喝。但老人不搭理他，越走越快，安生爹呆呆站在那个路口，他看见老人在变矮，贴地移行最后消失。他不知如何是好。

第五章

　　那辆像只大蚱蜢一般的手扶拖拉机腾腾腾腾叫唤得很响，拐进小镇卫生院的时候朝上的生铁铸成的胳膊粗的烟囱猛地喷出柱状的黑烟，于是裸露在车头铁架上的柴油机吼得像是要撅拱起来，撅拱了几撅拱就不再吭声，停在了院子里。高高坐在只比手掌大了一点儿的耳朵形状铁座位上的是一位十七八岁的小伙子，他跳下座位没有先去照看车屁股后头摽拉着的眼看要颠簸零散的架子车，而是两步跨到水箱冒着白汽的机器旁边仔细侦察。那机器肯定哪一点不正常，已经出了毛病，而这机灵的小伙子伸着头是要找毛病究竟在哪儿。接着他才蹿到后头的架子车旁，问了一句什么。架子车上的方格粗布被子下的人似乎没答应，或者答应了没人听见，反正这个敦敦实实的矮个头小伙子就这样站着，东瞅西瞅也不搭理谁。他不像是来看病的，像是去谁家走亲戚，但到这个大院不看病走亲戚的还不多见。在这么个凄清的春日的下午，也没有太多人在意他，任他在卫生院前头的院子里东瞅西瞅。后来才知道他车后头拉的是病人，他在等人。

　　那个穿蓝色夹克衫的清瘦小伙子骑着自行车风风火火赶来，尽管很着急，他仍然在卫生院的大门口那儿跳下车子，透过大院前头的铁栅栏墙早已望见了他要找的人。他推车到手扶车旁，问先前那个矮个小伙子："找着梁医生了吗？"矮个头嬉皮笑脸，说："我哪能那么快啊，这不，也是刚停车，我在看呢，我不知道哪个是梁医生——你走刘楼西头那处大洼了吗?"显然他的心思并不在看病上,对架子车上的病人也不是多关心。他在想那处大洼,但那个后来的细高个小伙子并不理他,也没责怨他,而是看了架车上的病人一眼,问了一句,掖了掖逸散的被角,就三步并作两步去找梁医生。

此时梁栋就在第一排房子靠西头的某一间里坐在藤椅上看书,那间房子门头旁边挂着一窄溜白色的木牌,木牌上写着红色的字迹:内科。但那红字久经岁月考验,灰尘扑扑,黯淡衰弱得带点黑头,似乎正在老去或者已经老去。春日下午的阳光穿过檐廊照进门口,照在梁栋棚在藤椅把手上的两条腿上。这一天是背集,来看病的人明显稀少——这个小镇按农历逢集,双日是集日,逢双的时候满街涌动着人流,黑黑鸦鸦,仿佛不都是来赶紧办事的,都是大老远跑来要在春光里谝谝,展示一番。那唯一的一条街上熙熙攘攘,要闹腾到落黑时分还隔三岔五有病人。他们要趁着赶集顺路来卫生院走一趟,小到身上起个疱大到肚子里生了肿瘤,一律都要来这个院子问询。而背集日一般是门庭冷落,除了紧急病号外少有人光顾。所以梁栋就在这个下午舒舒服服跷腿在椅子上翻书,要把他遇见的各类临床问题与书上对照一遍——这是他的习惯,他已经在这家小镇卫生院当了近十年医生,不比当年岳大夫在一个小镇时间短多少。梁栋现在已经是老医生,一方名医,许多棘手的病人都慕名而来,名气也不比当年的岳大夫小多少。梁栋毕业后就分配来这个镇卫生院了,一干就是这么多年,曾经也想过调去县城,但一想到要低三下四地托人帮忙,他一下子就掐灭了念头。他是个万事不求人的人，在哪儿干还不都是医生，都是看病，去不去那个县城医院对他来说也是两可。

但这个小镇卫生院实在是条件简陋，也不比岳大夫当年所在的那个卫生院好多少。尽管过去了十几年，但乡村的公共设施没有任何改进。这个卫生院仍不能做手术，上头的一个什么项目确实配备了手术床，还有无影灯，但全成了摆设，因为没有医生。只要稍有能力的人谁也不在这儿待下去，都想方设法调去了县城。不就是托托人找找关系嘛，不就是花点钱嘛！与一个人的前途相比这又算得了什么！梁栋不止一回听别人劝说，但终于他也没有动心。他抹不开脸面去求人，再说仗着自己本事在身也不想去求人。梁栋确实医术不错，他理论功底扎实，能够根据不多的征象与特征判断疾病，治疗上效果就不一般。一旦治好几个疑难病症，这个医生在这一带就一传十十传百响开了，慕名者就接踵而至，仿佛经这名医一摸，所有缠手的疾患都能消除。梁栋是内科医生，但求医问药者五花八门，连妇科病人也找上门来，让他不由自主成了一个全科大夫，没有不能看的病。（他总觉得自己心肠软，一看血淋淋的伤口就眩晕，不适合玩刀子，毕业时也就一直没打外科的主意。）

比如眼下，刚过了正月，正值开春时节，满地的麦苗蹿起来，群树发芽，花朵绽放，太阳一日比一日温暖，那些各路病菌也要乘着这大好春光恣意轻狂一回：小儿麻疹病人已经出现了好几例，严重的甚至高烧不退，并发肺炎；而流行性脑膜炎也像春草一样丛生，昨天一下午就来了四个，病房里此时就住着十几个这样的患者。（应该感谢免费疫苗的普及接种，这些传染病在数年之后几乎绝迹，像天花病毒一样被有效控制。）梁栋昨晚值夜班，一夜都没有合眼，刚给这个肺炎患儿吸上氧，那个脑炎患者发烧已经达到40℃……所以，上午补了个好觉的梁栋此刻惬意地半边身子晒着春天的阳光，让整个脸隐藏在阴影里看书，不能不说是一种极大的享受。

就是这时候，瘦高个头的小伙子走到了他的面前。"梁医生！"小伙子是用一种惊喜的语气叫他的，能听得出来他本想平平常常地叫出这个称呼，但话一出口就变成了惊喜。梁栋天天都听到有人叫他"梁医生"，但听到这个声音时他还是一惊，仿佛发自梦中，发自遥远的过去时光的深处。他一挲屈从藤椅上站起来，盯着面前站着的小伙子。他觉得似曾相识，但一时又想不起来在哪儿见过，什么时候见过。他天天见的病人太多了，但面前的这个小伙子仍让他一激灵。他上上下下端详着他，而且觉得认出他来了，好像在某个深夜见过，但又想不起来是在哪儿。"我是安生啊，"小伙子说，"您给我做过手术。"他的脑袋轰隆一声，他看出来这个面孔的确是记忆中的那个安生，不过是放大了一圈而已，而眼睛并没变，仍然有那种倔强、诚实而信任的熟悉的目光。"安生！"他叫，"你是安生！"梁栋不知接治过多少病人，对病人早就公事公办地麻木了，但眼前这个曾经是他病人的安生仍让他心里泛起热潮。他有点不相信自己的眼睛，"你真是安生？"他有点怀疑，他在想那个瘦小衰弱的安生，那张窄窄的黄拔拔的小脸，而这个安生却个头高高的，他的脸差不多和他的脸平齐，至少有一米七二，面色也红润，只是细挑挑的清癯了一点而已。他知道这人是安生是没有错的，只是他的感觉仍然有某些褶裥没有理平，他需要熨一熨，于是他跨前一步双手搭放在他的肩膀上，而且顺着肩膀向下拂去——他想抚摸一遍这副身体，这个曾经让他一想起来就心里一空不知他的未来该是何等模样的少年，如今长成一个俊朗的小伙子了！那他的被截去了四分之三的胃呢？他的被祛掉了五分之四的肠管呢？那些残留在他腹腔里的剔不净的霰弹呢……梁栋不相信生命的奇迹，他突然想哭，像那个待在手术台上的深夜一样双眼涌满泪水。安生笑吟吟的没有作声，他有点激动，满面潮红。他腼腆地把塞在裤带里的内衣拽出来，然后撸起了上衣，于是那处梁栋亲手缝合的切口显现了出来：疤痕并不明显，只是一条粗壮的褐色的线，曾经是弹孔的中心点颜色深得发黑发亮，能看出来疤痕生长形成的旋涡状的组织；而切口之上的线痕犹在，有点歪斜——那正是梁栋最初的手艺！梁栋就这样让安生撸着衣裳站在那儿察看，都忘了让他坐在椅子上。他伸开手掌抚摸他的腹部，他甚至没有顾及安生因赶路而沁出的黏答答的汗水。尽管做了十年医生看惯了各种稀奇古怪的疾病，但他仍然好奇，他想知道安生这只有一米多的肠管是如何吸收足够的营养来发育这副躯体的。安生的腹部如今已不萎瘪，和正常人一样，只是略略平坦一些。梁栋无限惊奇，人体的代偿机制的强大不是理论所能解释的。

　　其实安生早就听说梁栋在这个小镇了，是他的这位矮个头堂兄弟告诉他的。堂兄弟叫春来，他跟人一块儿来看病见过梁栋一回，他怀疑这位大名鼎鼎的梁医生就是安生经常说的给他做手术的那个梁医生。他回去马上给安生说了，但安生不太相信，因为那个梁医生很瘦，但春来描绘的这个梁医生却是圆脸，微胖。他觉得对不上号，再者他们的村庄离这小镇并不近，甚至比离县城还要远些，不太顺路，于是一直说着要来一看端底一直也没来上。"你还不信我呢，看看谁说的对？"春来站在旁边，朝安生说话。与安生相比，春来快言快语，自来熟，和谁都像是没出五服的亲戚，都能说亲热话儿。春来自己不抽烟，但他从裤兜里掏出香烟抽出一支来敬给梁栋，梁栋当然不会抽烟。春来说，他一直说梁医生就是安生说的梁医生，别看安生轻易不说话，憋种，他认为的事儿，八头老牛也拉不动。他就是觉着不会是梁医生，好像他的梁医生只在他那儿，别人是见不着的。你看，现在不是见着了吗？春来问安生。安生只是咧嘴浅笑，不作回答。能看出来安生更不爱多说话了，也许经过了手术这些重大变故，他对人对事有了自己的理解，明白许多时候言语是用不着的，比如现在，他往这个曾经为他治病的梁医生面前一站，根本不需要说一句话。他不说一句话，他对梁栋的感激与思念都写在脸上，写在他那闪烁的眼神里。

安生的话让春来都说完了，许多事情都是他这位堂兄弟在替他说。安生只是微笑着望着他，似乎是希望他再说透彻些，将他要告诉梁医生的一切全说出来。春来说临来时安生要给梁医生带两只酱兔子，都说好去村庄附近的集上饭店里去拿了，但安生还是怀疑春来的话不靠谱，不信，于是只有下回来时再掂来。"兔子？"梁栋正在用听诊器检查安生的胸腹部，但他还是对这个敏感词儿有所疑问。他摘下耳朵上的听诊器听头，"你们还打兔子？"他问。他想起当初安生爹说的话，而且他对安生爹的话深信不疑。不是洗手不干了吗？不是要把老火枪撂进河里，永世不去野地里打生了吗？怎么现在又打起了兔子！

春来说都是他和安生出去打生，不是安生一个人去。"安生受过伤，身子瓤，我们弟兄俩夜里出去有个伴儿！"但梁栋问的不是这个，他说起安生爹，也是春来的大伯发誓扔掉老火枪，从此不再与打生沾边儿。

"俺大伯没有好几年了，"春来说，"三周年都过几年了。"春来脸上掠过一丝惊疑但迅疾消失，他似乎对于面前的这位梁医生再度提起安生爹感到惊奇，好像那是发生在古代的事情，已很遥远，与现在已经没有丝毫关系。

沧海桑田，世事的变化总让人瞠目结舌。当初奄奄一息的安生如今好好地活着，长成了一个高个头小伙子，而他的壮壮实实的爹却走了。梁栋仍能记起安生爹的模样，记起他的坚毅与睿智，他的和善的笑，记起那个深夜他讲的故事。于是春来说起了他的大伯的死，安生脸沉了下来，看着春来讲他爹的事情，仿佛他也想再听一遍，帮他陷入回忆。安生一直盯着说话的春来，他想倾听，只是对于不清楚的往事偶尔他才加上一句话。

安生爹是洗手不干打生这行当了，而且扔了老火枪，让家里不能再有枪的影子。无论秋后的田野里有多少兔子在奔跑，此后他与这些兔子相安无事，再也没有打过一回这些小跑（野兔的另外名字叫小跑）的主意。但是安生住院治伤花空了家里的钱，如今不再干老行当，他天天窝在家里，急得也是抓耳挠腮。安生连手术带输血不但花光了家里的钱，他爹还借了不少债，就是为了还债，也为了日子过得光鲜一点儿，让病弱的安生能经常吃吃肉，补好身子，安生爹再度想起了火药。是的，他肯定不再去摸老火枪，但不摸枪并不等于不能摸火药。从前他用的火药都是去炮坊里称的，和炮坊里的人熟，而且他对擀炮也不陌生。安生爹是个透风就过的人，脑子好使，世上没有难得住他的事儿。他开始打炮坊的主意，开始准备擀炮仗的一应玩意儿。他是一家之主，他得养家，得让全家人吃饱穿暖，得让病弱的儿子快些恢复。于是把老火枪撂河里的那个冬天，也就是安生住院回家后过的第一个年节，他家的堂屋当门已经摆满成盘的爆竹。最开始安生爹仍从炮坊里进火药，后来就自己动手制火药：用硫黄、火硝和柳木炭，反正就是这些玩意儿吧，小心地研磨掺和——他竟然成功了，用这些自制火药擀出的炮仗照样一放咚咚响，不比人家炮坊擀出的炮仗声音小，说不定还更响亮呢！

人要是走了霉运，纵然你有成盘成盘的爆竹，纵然你让火药爆发的震耳欲聋的巨大声响在你家院子的每一个角落滚动，但倒霉仍不会轻易离开。倒霉就这样待在安生家里不走，尽管安生爹擀炮赚了钱，而且再也没摸火枪一下也没再打死过一只兔子。到了第二年腊月，他家擀的炮已经有名，村子里备年货不再赶集买炮，而且附近村子的人也开始来他家订爆竹。那些做生意的人家，祈望来年发财，一般不去集上置办爆竹，而是在安生家里订货，这样想要多长的鞭炮就要多长。而年前结婚办喜事的人家，更是要长鞭爆竹，仿佛空中爆炸的声响越长红火的日子就越长久……于是安生爹加班加点，全家人动员起来撵炮，堂屋当门变成了红色爆竹的库房。安生爹干得起劲，虽然天天起五更爬半夜，眼里布满血丝，但劲头儿十足，因为日子重新有了希望。这时候安生的身体也在恢复，一天比一天鲜活，眼看着随着炮坊的兴隆他家的日月重新布满光辉。

　　出事是在第三年的小年，当时正是炮坊最忙的时节，一入了腊月，安生全家也进入了大忙季节，比麦收时节都忙，甚至连吃饭的空儿都没有。全家大小都上手，但撵出的炮仍是供不应求。他家的炮响，价钱也不贵，因为是自制的火药，似乎比街市上的爆竹便宜了一大截，当然也就顾客盈门。在每晚不足三个小时的睡眠里，安生爹做着美梦，梦里发出笑声。腊月二十三的晚上，安稳出门给人家送炮了，安稳娘去蒸馍了——这是村子里的规矩，腊月二十前后家家都开始蒸圆圆的白馍，摊出一秫秸簸一秫秸簸晾着，然后要藏放在泥囤子里。他们要蒸够半月吃的馍来，村子里一度衡量一家的财富程度是用这家的白馍能吃到正月初几来算计的。这是风俗，也是规矩。但安生家太忙了，今年的馍到了小年才开始蒸，而且是与春来家娘联合才算落实了这桩家家视为头等的大事。安稳娘去春来家蒸馍了，堂屋里只坐着安生爹和安生，他们在勤奋搋炮。安生的手劲儿小，已经累得腰酸背疼，他爹想让他歇着，让他也去蒸馍去，找春来玩儿去。但安生觉得家里因为他的病而背了债务，只要他多搋一盘炮，就能减轻些家里的负担，所以他不舍得闲一会儿。他咬牙坚持着，和爹在同一个操作案板上，将成沓的马粪纸裹上药面，在一个木制盒子里搋紧压实……院子里的阳光渐渐淡薄，夜色悄无声息降临。他们只顾干活儿，差点儿就忘了太阳已没了影儿，天已经黑下来了。就是这时，安生爹去点灯——其实安生爹知道小心谨慎的重要性，也知道炮坊里的安全高于一切。安生刚出事三年，搋炮赚不赚钱都不是最重要的，而安全问题永远是第一位的。为了掐除事故的隐患他专意买了罩子灯——当时村子里还没有用上电，县城里电还恒来恒不来，连做手术断电都是常事，偏僻的村子里更不可能请动这位电大爷了。电入驻村子还要再等五六年呢。安生爹并没有把灯放在堂屋里，他放灯在厨房里，而厨房是东偏房，与正屋间还隔着一个风道呢，小心没大差，安生爹甚至禁止所有人带火种进入正屋。他去厨屋里点上高脚罩子灯，然后用一只手掌偏盖着罩子灯的上口防止流风扇灭灯头。他走进堂屋里，罩子灯摆脱了屋外风的偷袭后猛然一亮，正在陷入黑夜的屋肚里一派光明。安生爹弯下腰，打算把罩子灯放在预定位置，就是在这时，安生突然看见半空中飞掠来一只野兔的虚影，灰黄色的一小团，噌地撞向他爹端着的罩子灯。"兔子！"安生朝爹叫道，他想提请他注意，赶紧放好罩子灯。他也不知道为什么凭空跳来了一只兔子，甚至没容他多想，因为爹的手一哆嗦，他手里的灯盏连同罩子一起逃开了，朝地上砸去。"什么兔子？"安生爹好像问了一句，但也许什么也没问，因为事情发生得太紧急，他大惊失色，尽管屋子一下子再度陷入黑暗安生仍然能望见他爹脸色苍白。但黑暗是暂时的，因为脚下的灯火没有灭，一下子混合着泼洒的灯油迅速扩展了面积，黑暗一下子被撵走，但巨大的阴影却映在墙上，更显得黑暗。安生吓傻了，他当然知道这意味着什么，因为就在离案子不远处是刚研制的火药，盛在一个不大的陶缸里。安生站起来，但他帮不了任何忙，他爹比他反应更机敏，试图用鞋踢灭扑地的火焰。他用两只脚去踩，他想踩死这初生的红色庄稼。他没有更好的办法，只能这样，因为一切发生得太快，来不及思考也来不及反应。他的努力是有效果的，火焰的面积似乎在缩小，坏就坏在药缸周围不小心撒掉的那些黑火药的药末，有一小溜火焰窄窄地刺溜跑了过去，像一支钝头的红色的锥子，径自捅向药缸——此时，安生爹意识到一切皆不可挽回，他一把抓过愣着的安生，他的双臂有力而迅疾，像是雷电，像是狂风，只一下就搂住了安生，接着安生觉得飞起来觉得他再度躺在了三年前的手术台上他正在丧失意识，再接着堂屋的房顶长了翅膀轰隆飞起来像一只红色的老雕，黑夜一下子变成了白昼……

（按春来的说法，是安生的命大，当时是土制黑火药，要是换成现在的化学火药，就是安生被爹扔出门外也会炸得找不见囫囵身首。还有当初肚子上那一枪，化学火药照样不会给你留出空儿来让你去做手术！）

"兔子？"梁栋问安生，"你看见了一只跳起来的兔子？"

安生盯着梁栋，像是在乞求他别问，他不想提这个话题。他一脸悲戚："天刚落黑，又在灯影儿里，我可能是看花了。"他像是不敢用大声，怕人听见似的。

"你再说一个你看花了，你看得比谁都清！咱这是给梁医生说，又不是别人。咱看见了就是看见了。"春来瞅了安生一眼，满不在乎地说。

问题是野兔怎么可能跑进了村子，又跑到安生家院子里？这不可能！但安生确实看见了那只掠出虚影的兔子。安生不会说谎。春来说安生一个人不敢夜里出门打兔子，于是叫上他，两人一同出门。"不论你看见看不见有只兔子，我们不是没有别的办法吗，不是还是照样夜夜出门打兔子？不是你没看见我们就不扛枪打生了，我们还是得拾起这桩祖传的手艺。"春来一脸的不屑，不是对安生的不屑，似乎是在对着谁挑战，是看不见的虚空。春来似乎对一切都满不在乎，天底下的事儿他都通晓，也都知道怎么办。他根本不把一只年节前跑到安生家院子里惹是生非的兔子当回事儿。即使大年初一他家院子里一下子围拢来成群的野兔也不会改变他的行当，他要打生，打生是他家的祖传手艺，天经地义。家里称盐灌油，针头线脑，要是不打生，他去哪儿弄这些零花钱啊。

但要是安生爹不出事儿，安生不邀请他，他是不能从事打生这行当的。因为这是他家祖上的规矩，手艺只传老大，安生爹是老大，他爹是老二。如今大伯走了，堂哥安生又邀请他，他当仁不让要陪安生一起出门打生了。而且野兔的价格跳着往上涨，吃馋了嘴头的人们喜欢野味（啥都是野的香！），街上饭馆里的老板一见他们掂着成嘟噜的野兔去马上笑逐颜开。现在打生也鸟枪换炮了，都用上了专业探照灯，黑夜里光柱刺地一照，野兔哪见过这阵势，你不举枪它早已晕菜，窝成一小团一动不动。春来不忘炫耀他们的收获，跑一夜少则三十五十元，多则百儿八十元，即使不出去打工，吃香喝辣办不到，但称盐灌油的钱从来不愁。

真正让安生重拾打生这手艺的，不是因为爹出事走了，炮坊断然是干不成了，即使后来哥哥安稳想再干亲戚邻居也一齐反对，全家老小都反对。因为安生爹干了两年炮坊，算是积攒了一笔钱，不但还清了给安生治病欠下的债务，而且着手给安稳盖房——村子里适龄的小伙子要想找对象，没有房子谁嫁你啊，连媒人都不踩你家的门。宅基地早找下了，而且买好了砖瓦，置备了建房必需的木料，一应齐全，但等着开春就站起新房呢，好让媒人们蜂拥而来，没想到春天没来他自己先没了影儿！而且颠过年开春以后，房子是站起来了，安稳死活不要，要先紧着安生。安稳觉得是他和安生格架才伤了安生，如今爹又没了，安生不说好媒结了婚，他是老大，长兄如父，他哪能心安理得去想自己的事儿！

没出三年，家里接连发生了两件天塌地陷的事儿。即使这样叫天天不应呼地地不灵的情形下，安稳仍没有再打火枪的主意。火枪是他的一块心病，他这一辈子穷得要饭也不会再去摸枪了。这是他的禁忌。他相信天底下没有过不去的坎，只要过了这个坎一切就会好的。安稳是乐天派，从没见他脸上有过愁苦的阴影，他自如地应对着这家庭的突变，也咬咬牙扛起了一应事体。安稳毕竟只比安生大两岁，但看上去老成得多，好像已经四十岁了，办理一件事儿总是周到。在这个世界上，安生最听安稳的，安稳叫他干啥他就干啥。甚至春来这些亲邻们，也都听安稳的。

爹没有了，但安稳接过了爹手里的大旗，率领着这个困顿的家庭一路向前。爹去世的第二年站起了新房，月老抛来的红线自然穿过新房的房门落在了安生的身上。那是第三年头上的事，安生的媒定下来了，女孩儿是七八里之外另一个村子的，两个人有缘分，见面之后尽管知道安生受过重伤做过手术（安生一点儿也没瞒她，还让她看了他肚子上愈合的疤瘌），但一点儿也没嫌弃。她认为大难不死必有后福，最主要的是她喜欢安生的清秀和良善，图以后过比树叶还要稠密的日子时不会受气。既然两个人都中意，到了秋天就要纳帖，也就是送彩礼，这是这一带的规矩。但是安稳对这笔彩礼钱发了愁，在那年秋收之后安稳一直在奔波，他想趁冬闲做点小生意，攒下这笔并不算多的钱（其实女孩儿家里并没有狮子大张口，知道安生家的境况，同意黑白抹抹那一道走走过场就可以了）。安稳骑着自行车贩卖鸡蛋（第二年春天时还去炕坊贩过鸡仔），甚至还去八十里外的另一个县城贩过青菜……但无论他如何努力，在这个穷苦的世界，想挣到一笔钱并不容易。到了年跟前，眼看就到了定好的纳帖日子，安稳把所有的家当都凑合一起也难以凑够那笔费用的一半。车到山前必有路，就在安稳急得抓耳挠腮寝食不安时，曙光浮现——在他贩鸡蛋去县城的小巷里散卖时，他遇上了"刘哥"。安稳和春来性情有点像，不惧生人，见面就熟，这刘哥是安生住院时他结识的，安生手术后输血赊账还钱找的就是刘哥。但刘哥能找到卖血的人，自己并不卖血，他是输血队长，就是"血头"。刘哥买了安稳的鸡蛋，但对安稳干这忙活一天来回跑百十里路才赚三钱俩钱的行当有点不屑，他觉着像安稳这么有出息的小伙子干这行当有点丢人。安稳说他就这点儿本事，赚大钱的行当他当然想干，但也干不了啊。刘哥两眼放光，给安稳指出了一条康庄大道：卖血水！当时县城里刚刚办起血站，正在号召广大人民献出对自己用途不大的"血水"，就是血清。将这些血清用冷藏车连夜送往郑州、武汉、济南等地的血液生化制品厂里，价格能翻好几个筋斗，高得让人不敢相信是真的。他们在县医院旁边的一排平房里安置了简陋的设备草草开业，他们宣传得邪乎，说是为全县人民着想，开发了一条全新的致富路。县里资源匮乏，没有能凭空挖来钞票的矿藏，没有轰隆隆机器一响黄金万两的工业，如果再不开发出新的产业，我们的老百姓面朝黄土背朝天的穷日子啥时是个头儿！穷则思变，我们要战天斗地，坚决和这抱着土坷垃摔骨碌的营生诀别！贡献你的血水吧，这样只对你的身体有无限好处，没有丝毫影响，可以刺激你骨髓的造血机能，可以让你更有劲儿地干活，但贡献一次血水却可以换回一辆明晃晃的凤凰牌大链盒自行车！卖血水不是卖血，抽出你的血，只留下血水，干货还给你送回去。他们所说的干货就是血细胞，他们对抽出的血液做离心分离，然后将血清留下，将红细胞白细胞诸多"干货"悉数回输身体。这真是一本万利，真是天上掉馅饼，全县一百多万父老乡亲应该感激涕零。血头刘哥大致把这些话再添油加醋说给安稳听，安稳当然不傻，不相信天下有此等好事。全家人还指望他安稳呢，他有多大的材料就干多大的事儿，他不想卖血，不想卖血水（说是血水，天花乱坠还不是卖血！），他有个三长两短这个摇摇欲坠的家庭承受不起。

要不是刘哥亲力亲为，打死安稳他也不会走向那平房一步。他还没逼到卖血为生这一步，再不济他拿起火枪来不就得了，虽然爹发誓从他这辈掐断祖业，但家境所迫，饭碗告急，再说打生又是他老坟里的风水。但刘哥领着安稳去了一回那溜平房后安稳动心了，因为刘哥从来没卖过血，在县医院他是组织血源，但他自己从来不伸出胳膊让人抽血。刘哥这次却改弦易辙，让粗针头穿进他肘前的静脉，抽出两针筒红得发黑的鲜血来，然后经过高速离心分离，留下上头的血水，底下沉淀的真东西——那些血细胞再掺上生理盐水原路返回。连针头都不拔，那些血也就是到外头光鲜世界逛逛一逗头又流回身体里去了。只那么澄清的半瓶都不到的血水，人家结账时痛快地付了一百二十元。安稳看得瞠目结舌。安稳想这事儿有谱，连刘哥这样的血头都拿血水换钱，要是他再不去那溜平房而是呼呼哧哧贩鸡蛋不是脑子里进水吗！

就是在安生纳帖之前的半个月，安稳骑车去了县城，但自行车后衣架旁没有照惯例摞着笆筐。他第一回走进了县医院旁边的那排平房，为"本县经济腾飞"做出贡献的同时也解了自家的燃眉之急。说实话血站最初只是为了赚钱，经营者不是太懂最基本的医学常识，只是聘请了几个徒有虚名的卫生界的"名人"来顾问——这种名人大都是图财害命者，没几个有真本事的。血站的吹风鼓动耍尽手腕在全县村镇铺开，浑身糊满标语的面包车顶着开足音量的银灰大喇叭穿行在街巷……那排平房前排起了长队，刘哥近水楼台先得月，在人家排队之前他已经打了急先锋，而且动员来了一批亲朋好友。抽血、分离血清这些操作都没有毛病，甚至血细胞回输在理论上也说得通（这种操作正是起源于万恶的"理论"！），但大家忽略了最关键的一个环节——如果容器被细菌病毒污染，血细胞回输就成了最有效的传播捷径！（血站雇用了一批临时人员，连基础的卫生知识都不懂，更甭提无菌观念。这样的人来操作血液离心设备不污染几无可能。）恰恰是这个环节的隐患造成了不单单是乙型肝炎的交叉传染，还有大家不甚熟悉的最新的艾滋病病毒的传播。艾滋病跑来本地开花结果是那些去艾滋病的最先流行区捡破烂或者打工的人的功劳，他们正是那排平房前排起长长队伍的主力军……其实在安稳来找梁栋看病之前，政府已经发现了破绽而且坚决取缔了血站的这个经营项目（三个乡镇一座，全县十个分站也立即停工），卫生系统迅速做出反应，每个医院如临大敌，召开了一次次会议，传达指示并对所有医护人员紧急培训这种全新病种的应对方法。艾滋病一经发现要立即转院到县医院传染科。梁栋了解了一些艾滋病的症状与体征，而且已经接诊过一两例这种病人，所以作为基层内科医生对这病已不陌生。当他站在安稳面前，略加检查后，他马上想到了这种有着好听的令人产生幻想的翻译名称的疾病。

　　安稳生病是在去那溜平房一年之后，每想起伸出胳膊让人抽血这事儿他都觉得不太对头，觉得憋屈，所以他没跟任何人讲起过这件事儿，他自己也没把生病和此事联系在一起。最初开始他总是拉肚子，他觉得是哪顿饭没吃好，他东颠西荡、风餐露宿的，吃饭从来没应时过，饥一顿饱一顿的，隔三岔五拉拉肚子还不是常事儿。但这次拉肚子有点缠手，肚子都疼了两个月了，按说早应该好了，但他还是一天不知往厕所跑多少遍。他让娘给他炕焦馍，据说焦馍能治拉肚子。他捣蒜泥焖面条，说是连痢疾都有点怵这辣嘴的蒜面条还可怜一个拉肚子……但这一应偏方都不奏效，于是安稳开始去找老中医，号脉，抓几服中药拎回来支起砂锅里头插双筷子敞着口熬药。有相当久的时间，安稳家总是飘荡出中药的异香，院子里的垃圾池里倒着一小堆一小堆或褐或黑的药渣。但中药似乎对拉肚子也干瞪眼支挝手，不像那个故作姿态的老中医说的那样吃几服就能涩住肠道。不到万不得已，安稳不会到县医院求医问药的，因为他知道那儿的药费死贵，对病人该宰就宰刀刀见血，安生住院时他家尝过其厉害。只有万般无奈的大病，被逼上梁山了，他才去那处大院子。但那儿的医生像皮医生者多，像岳医生者少，去了几趟，钱没少花，病却没减丝毫。不但拉肚子没好，治着治着竟又添了新症：他竟然有点气喘，有点咳嗽而且痰中带了血丝，大腿上出现了好几块乌云般的瘀斑……经过了好几个月的折腾，他身子越来越瘦，瘦得一风能刮倒。就在这万般无奈之时，春来突然说起了这个小镇的梁医生，没有不能治的病，大病小病，一摸就能知道底细，又不让花冤枉钱。最重要的是，这个梁医生有可能是给安生手术的那个好医生。于是他们开着春来家那辆手扶拖拉机，一路喷着黑烟响亮地兴冲冲跑来。小手扶本来是耕田用的，没有多余座位，安生只能骑着自行车抄近路紧赶慢赶，这也是开头我们描述的景象。

当架子车上的方格粗布被子掀开后，梁栋尽管做好了心理准备，但暴露在眼前的安稳还是让他大吃一惊。这哪儿是那个满面润红双眼亮光闪闪的鬼机灵的安稳啊，车架上躺的人面黄肌瘦，消瘦得都有点走了形，眼塌进黑坑里，颧骨撑了起来，将面颊的皮肤撑起褶皱。当他说话时，干燥的嘴唇咧开，露出一下子显得很长的牙齿。是的，他的牙龈都萎缩了，是严重营养不良的征象。安稳看到了俯视着他的梁医生，艰难地笑了笑，叫了声"梁医生"，眼睛里闪过一丝光，那是对往昔的回忆，是看见了久别重逢的熟悉的人时眼睛才自动闪现的光芒。他想坐起来，但两肘支着没有成功，安生慌忙去架着他的肩膀，于是安稳一脸尴尬。梁栋没让他再做坐起的努力，而是开始微笑问他哪儿不舒服，顺便说起了多少年前的往事，他还记着他呢。梁栋想让他放松，想了解更多他的病情的蛛丝马迹。"你还，给，安生，去食堂，打过饭……"安稳没有忘记这些往事，惦记着梁栋的种种好处。"嗯，那时你调皮，多精神。病来如山倒，病去如抽丝……你可不能急躁，治病是个慢活儿，慢功夫！"梁栋一边检查，一边安慰安稳。摸着安稳塌陷的肚子，他突然想起当年他摸安生肚子里心里一空的感觉。如今这感觉更加强烈，再度泛起。凭他的经验，他知道安生患的不是一般的病，但这时他还不敢多想，没想他会与艾滋病沾上边儿。他摸到了肿大的肝脏，甚至脾脏也大到了稍微按压都能清晰感知（健康人是摸不到脾脏的），还有腹股沟淋巴结也大如核桃……他的心一沉。而当他把听诊器的听头按在瘦骨嶙峋的胸腔上时，他听到了纷乱的湿啰音，那种炎症气泡随着肺泡窸窣炸裂的声响，像是来自于天地混沌之时的一片沼泽地，像是地心里传来的不祥之音。梁栋仍然微微笑着，他出于一个职业医生的修养与习惯，不会对病人透露哪怕是半点不利的讯息。他站起身，给安稳盖好被子，说一大箩筐安慰话，而且末了还开了一句玩笑，让安稳脸上灿烂了一瞬。

接着他们就又走回诊室里，梁栋开始更详尽地问询安稳的一切。"他去广东打过工吗？"他问。安生茫然地瞪大眼睛："没有，这几年没有出过远门。""你们家有人得过肝炎没？"他一边沉思一边质疑。"没有。"安生肯定地答……梁栋问了许多问题，安生的回答都是否定多，而肯定很少或者模棱两可。最后，梁栋突然问："安稳输过血没？"他不说卖血，他不想说出这个词，尽管他知道如果确有此事安生仍会承认，但他还是不想直说。

"没有。"安生肯定地答，而且对梁医生提这个问题感到难为情，觉得这是根本不可能的事情。

"输血？"春来一直听着，直到这时才接上腔，"你是说输血？"

"对，啊不，我是说安稳有没有给别人输过血。"梁栋盯着春来，他觉得春来这里掌握着有价值的材料，能够帮他完成诊断。

"不是输血……是血水。"春来说话有点迟疑，他瞥了一眼安生，安生也在不解地望着他。

"你别这样看我安生，不是我不说，是安稳不让我给任何人透一个字，要我把这事儿沤烂肚里……"

当春来说出是为了安生订婚纳帖安稳才去县血站抽过两回血水时，安生的泪水汹涌而出，他没有避讳他久别重逢的梁医生在场，他满面泪水擦都擦不及，顺着下巴滴落。安生已经风闻县血站的"血水风波"，也知道那种可怕的抽血传染的"爱死病"，但他认为他哥不可能与这事儿沾边儿。"你怎么不早说……你怎么不早说……早说我还纳啥子帖啊……"梁栋怕外头架车上的安稳听见，伸开臂膀几乎是抱着安生踉跄到房间的最里端角落里。安生需要放声大哭，但他不能发出声音，他把没哭出来的声音就再咽回肚里去。他哭成了泪人，被憋在肚子里的声音试图从两腿冲出来，他的双脚在不停跺动。他跺着脚痛哭。他想用泪水和跺动来冲去甩掉绝望，但一切都无济于事。他只有这样恸哭，他不听劝说，他要痛痛快快哭一场。那就让他痛痛快快哭吧。梁栋记起那时受伤那样重，经过那样恐怖的手术台上的黑夜，甚至在难熬的住院期间，他也没见安生哭过一回，没见他泪水如此冲决而出如此恣肆泛滥过。（梁栋记起安生住院期间唯一的哭泣也是伤后兄弟俩第一次见面时。）

半个小时后那台支离八叉的手扶拖拉机将像它开来时一样，又要腾腾腾腾开离小镇卫生院，不过那只铁耳朵座位上不再是那个矮墩墩机灵的小伙子，而是换了穿蓝色夹克衫的这位清瘦庄重的小伙子，前者改骑自行车紧跟手扶车。他俩看上去像是兄弟俩。开车的清瘦小伙子双眼通红，面颊上留着泪痕。后头摽拉着的架子车倒是纹丝没动，连方格被子覆盖着的人也没有动弹，只是架车尾部用来堵挡被头滑动的一条长板凳挪了挪边儿，不再仰面朝外而是四肢向里，仿佛在搂抱着护卫着蒙在被子里的人。他们将一路走过镇外的田野，走过那些阵风一来掀起碧翠波浪的无垠的青葱麦丛。

一路两旁都站着高高的白杨树，排向远方。白杨树上挂满软软的像虫子般的荑荑，这些穗状的既不是花也不是叶更不是果实说不清是什么的东西从肿胀的长荚中钻出来，长长短短垂挂在枝条上，接着就在春天日渐璀璨的艳阳下凋落，在大地上摊布一层。当手扶拖拉机狂奔而过时，那些树不失时机地指示软软的荑荑跳上架子车，横七竖八地趴附在方格粗布被面上。在展开叶片前，树枝为什么吐出这些无用的软穗？

我们不知道，只有天知道！这个世界太多的秘密只有天知道。

大雪封门

火炉子着得很旺。蓝色的火苗呼呼地蹿出来，有半尺那么高，看上去像一盆茂茂盛盛的韭兰。我刚刚关上窗户——这是一只灰暗的陶制火炉，没有烟囱，蜂窝煤在炉膛里就位以后，得立即把窗户打开，否则屋子里就会平起煤烟的大雾——这会儿挺暖和，越来越暖和。尽管我没有出门，我也知道雪花已经长大，正无声无息地坠落；而落黑那阵儿，雪还没有大成雪花，仅仅是一群喜欢叽叽喳喳的雪珠，在屋顶的瓦片上活蹦乱跳。我坐在一张藤椅里，尽可能近地偎着炉火。我终于忍不住，把另一张椅子挪了过来。我把冻木了的双脚从鞋洞里掏出来，搁在椅子上。我的鞋是布底棉鞋，落黑那阵儿地没冻硬，那些险些被冰抓住的水就纷纷逃进我的鞋底，拼命往里钻。鞋底已经湿透，只要一坐下来，脚指头就会像猫咬一样生痛。我吹灭桌子上的蜡烛。我喜欢看红红的火光在黑暗中满屋子铺展。没有电。那盆韭兰被谁端走了。没有火苗的炉火最毒，我的身子只差那么一点儿就给烤透了。我觉得身上微微沁出了细汗。在深夜，在一个大雪天的深夜，你知道身上沁出细汗是一种什么滋味吗——神仙一样的滋味！真是惬意啊！我在心里默默地念祷：可千万别来病人啊，这个时候……怕鬼有鬼，我警惕的耳朵一下子捕捉到了一种声音，由远而近，吱吱扭扭的，而且我断定这缕声音与我有关，马上就会扯连上我。我恋恋不舍地享受着天空里的快乐，做好了收拢翅膀降落的准备。

我的预感从来没错过，睁睁眼闭闭眼的工夫，那声音就汹涌而至，接着我的诊室的门被武断地推开。映衬着外头朦胧的雪光，我看见一只矫健的头颅悬挂在门楣上，并吐出恼火的话语："医生，医生呢？！"

"我在这儿。"我没有动。我想在抚摸病人之前把手烤得更热乎一些。

"怎么不点灯？"他问。

"我在等来电。"我说，"你没拿手电筒吗？"

"谁还顾得去找那屌玩意儿！"

他的话刚落音，那颗头颅就不见了，代之而起的是另外两颗头颅，还有旺盛的呻吟。不知是想烤火还是想捣乱的寒风溜进了屋子，我半边身子的细汗马上隐蔽了起来。我站起身，点上了桌子上的白蜡烛。于是三个人高高低低地站在了我面前——不，是四个！说话的工夫又进来一个。新进来的这个看上去很年轻，嘴唇上头有一层淡淡的唇髭，头发长长的很黑，烛光一照一亮一亮的，像是有一柄刀子在上边别来别去。他的眼神仍是那种呆滞的眼神，看着什么像是什么也没看。他之所以进屋晚，是因为他得拾掇好架子车，把被子什么的衣物抱进来。最初进来的那位，已经若无其事地掏出一支烟，安在嘴上。他没有让烟，谁也不让，而是蹲下身子伸出留着寸发的那颗硕壮的头颅就着炉口点火——这么着点烟的人，我还没见过。他不让我吸烟我不生气，反正我不会吸，但我觉得他多少还是得有点礼貌。他长得很魁梧，大大咧咧的。烟雾从两片厚嘴唇里徐徐拉出来时，他的眼睛微微眯着。

跟我讲话的这位个头很高，细条条的。他有点驼背，脸上的皱纹不比他扶着的那个老头少。他眼睛不大，每说一两句话就得挤一下眼睛，每挤一下眼睛嘴角也要跟着搐动一下。他戴了一顶破旧的军帽。他好像不太敢说话，怕话头一不小心会触犯了什么。他说说停停，让人替他着急。停下不说的时候，他就看看吸烟的那个人的脸色。吸烟的那人上眼皮一直没有吊上去，好像他的深藏不露的眼珠儿怕见人，有点垂帘听政的意思。他已经霸占了我的藤椅。他对炉火的兴趣一点儿也不比我低。

好，现在我们说这三个人的源头，那个当爹的老人。他是一切事情的起因，是真正的主角。但他总共也没讲几句话，起初我还当他是个老哑巴呢！他的病情由他说话挤眼的大儿子代述。吃完早饭他正在追一头猪——"追猪！叫你还追猪玩，看你下回还追不追！痛，该！"吸烟的二儿子轻蔑地插了一下嘴——突然感到肚子里猛痛了一下，"就像扯住了蛋弦子那样痛！"大儿子为了形象，对话语稍加润色，但马上觉出了驴唇不对马嘴，就嘴角搐动一下，停下不说张望老二。我知道他说的"蛋弦子"就是精索，按说怪恰切的，但我还是接了一句："又不是你痛，你怎么知道那么清。"我的意思是引导他说下去。

老头儿肚子里被谁扯痛了一下，并没有在意。但他失去了目标，找不见那头猪了。要是他一抬头看见了那头猪，他肯定不会再疼下去的，疼痛会比他跑得快，也会去追猪的。但他东瞅西瞅什么也没瞅见，生了气的疼痛就赖在他的肚里不走了。他捂着肚子，弯着腰，一步一步挪到家里。"俺娘说，他的头上汗珠像豆粒那么大，里面的衣服都湿透了。"老头儿想着在床上躺躺，蒙着被子发发汗睡一觉，肯定会好的。平时有个头痛脑热的他都是用这法子，灵验得很。不想这次特殊，睡到半晌还不见轻，而且越疼越厉害。他呱啦呱啦地呕吐，"熏得俺娘不能进屋，在俺婶子家串了一天门——你看着吧，咱娘今黑夜儿也不会回家睡觉的！"下雪珠那阵儿，串门儿的老太婆才想起家里还有个在床上疼得打滚儿的老头儿，于是让人把儿子们找了来。

他们把他送进了村子里的卫生所，那个自号"一罐灵"的"哑医"（兽医的别称）改成的郎中——这个人我认识——擀了几片面叶贴在他背上，又点燃火纸塞进黑色的小陶罐里，"罐口里还缕缕续续冒着黑烟就叭地盖在了面叶上"。这位仁兄声称"我一罐子拔掉你的呕吐，两罐子拔掉你的肚痛！"但是黑陶罐可能是太小的缘故，比一只酒杯大不了多少，所以一点也不给他争气。他拔了两火罐，老头儿的呕吐腹痛连账也没买，"一罐灵"有点着急，于是使出了绝招，对着肚脐眼又来第三罐——现在我的手就按在这处圆圆的红得发紫的斑块上，我示意老大暂停，因为我已经把听诊器卡在了耳朵上，我要听听老头儿内容丰富的肚子里的动静。但老大显然没吃透我的用意，还以为我对他的诉说很是满意呢，于是更忘情地往下说："你不知道呀赵医生，那小火罐劲儿可真大，揭掉面叶一看，皮上都渗血珠——"

"上一边啰啰去！"老二脖子一梗，乜了老大一眼，"你少卖些碎鱼好不好！"

老大扑嗒扑嗒嘴，把没说完的话全咽了下去。他肯定是后悔自己光顾得说，忘了去看老二的脸色。为了弥补过失，他为老头儿掖了掖脚边的被角，多孝顺似的——是的，老头儿已经躺在了诊断床上，享受着火炉慷慨送来的温暖。老头儿三度脱水，眼睛塌进了坑里，颧骨和上颌就像退潮后的礁石撅拱了出来。老头儿的身躯就像是几根棍子胡乱撑起来的破布的帐篷。他实在是太瘦了，要不是隆起个鼓鼓胀胀的大肚子，太像一具风干的木乃伊了。他的肚子里铙钹齐鸣，非常热闹，像有个专程来看他笑话的乐队在演奏——医学上称这种肠鸣叫"气过水声""金属音"，是肠梗阻的典型体征。我还在他的右下腹触及了一处隐隐约约的包块。不用X线透视——想透视也透不成，没电的机器是一堆废铁——我也能百分之百地确诊他患的是肠梗阻，而且是"肠套叠"。老头儿的肠系膜已经衰老松弛，有一段肠子身子一缩一不小心掉进了下一段变宽大了的肠腔里，再也出不来——这就是肠套叠。套叠部位像一道拦河坝，通畅运行的肠内容物受到阻滞，就像遭到围追堵截镇压的游行队伍一样，一派混乱，腹痛、腹胀、呕吐、脱水、发烧……各种各样的奇特景观有点像正被地震蹂躏的城市，此起彼伏，崩塌和惨叫交相辉映，直至生命被夷为物质的平地，这一副躯体摧毁成彻底的废墟。最好的治疗办法是手术：用锋利的刀子割开腹腔，把戴着橡皮手套的手伸进血泊里，在一大堆像蛇一样蠕动不止的肠子里找出病变……当然，灌肠疗法也不是不可以一试，但采取这种措施必须有手术做后盾，因为套叠的肠壁假使已经缺血坏死，就会薄弱得比沤糟的破布更不堪一击，灌进去的液体会轻而易举穿溃它，冲决而出漏满腹腔，这时得立即紧急手术，不能有半点迟疑。我把这些情况向兄弟仨说了。我建议他们转院，因为这个小镇卫生院压根儿没条件做手术，要电没电要麻醉没麻醉要血源没血源甚至连个配合你的手术助手都没有甚至没有任何取暖设备你总不能在手术室里生一个灰尘乱舞的煤炉子吧……兄弟仨听完大眼瞪小眼。第一个打破沉默的是老大："去县医院……那得多少钱？"

"千把块吧，"我说，"要是有个意外，比如输血什么的，那就不好说了。"

"千把块？"老二瞪大眼睛，眼白险些淹灭了眼珠，"谁上哪儿给他弄千把块！"他说出的话与他的大白眼睛实在不成比例。

"你说俺爹这病是不是'一罐灵'瞎拔治厉害的？"老二又说。这是我头一回听老二称老头儿为"爹"。"要是那样，我这就去找他个乖乖算账！"

我知道他是想找个替死鬼，让"一罐灵"替老头儿掏药费，于是我说："拔火罐能治大部分疾病，你爹就是一罐子不拔，今夜里照样得去县城。"

"反正我是弄不来钱，你上俺家里老鼠窟窿里都掏掏，也翻不出五十块来……"老大眼皮一耷拉，一副抹掉帽子紧人凿的架势。

"你没有，我有？！"老二一条胳膊折成锐角插在腰窝里，脖子又一梗，"你们不知道我春上刚交了计划生育罚款吗？"

"反正我是没有。要命有一条，就是没有票子。"老大顺着诊断床的床腿往下颓，趿蹴在地上，两手支着头。

"有的是钱！"一直闷声不出的老三此时开了口，"没逼到劲！"他一甩头，将坠到前额上的头发泼向一侧。他谁也没看。他那年轻的脸上滚动着恶狠狠的表情。

老头儿长一声短一声地哼哼，假模假式的，一听就知道他哼哼得实在是太夸张，是想跟儿子们讨要些同情，似乎他这么一哼哼就能唤出儿子们身上的钞票一张跟着一张飞到他肚子上啄走他的呕吐也蹬掉他的疼痛。那装模作样的哼哼声让人一听浑身直起鸡皮疙瘩。

我可不想参与这种兄弟阋墙的破烂事儿，况且屋子里实在也让人待不下去，呛人的烟雾、铳鼻子的呕吐物的馊味，还有老二鞋壳篓里的臭气——他刚才在炉子上烤过鞋……熏得人脑门子胀痛。但在一个滴水成冰的大雪夜，离开一间污浊但暖烘烘的屋子是需要一番勇气的。躯体不太情愿配合灵魂的行动，它耽求的是舒适。我咬了咬牙。我在心里坚定地说，开好处方就走！——我总不能不给病人用些药吧，再说这老人脱水挺严重的，急需输液，即使转院也得在没转走之前尽可能地补充他身上的水分……你看他那张比没烧透的柴绊子还焦黑干燥的脸！我开好了处方。我发现我找不到再待下去的理由啦，于是我站起身来。转瞬之后，那道木头和砖石构筑的障碍已经隔开了聒耳的吵闹，我站在了叫人不住地哆嗦的檐廊里。

雪下得越来越大了。被密麻麻的雪片反复擦洗过的空气有点发烫，吸进去一下，身体深处的脏腑都有点微微紧痛。刚从烛照的屋子里出来，我的眼睛什么也看不见，还以为是漆黑一片呢；但很快我就恢复了视力，因为夜色并不怎么深厚，昏蒙的雪光甚至都映亮了檐廊，只让人觉出天上还有月亮陪伴着你，你并不孤独。

他们的声音在茂茂盛盛成长，越来越高，也越来越紧密，仿佛一间屋子有点容不下，马上就要突破生发出来。我的耳朵烦得不行。我走下檐廊的台阶，走进大朵大朵洁白的花丛里。我揿亮手电。我发现这会儿雪花既不是片也不是朵，而是一架一架，结构复杂，纷纷在我穿着的军大衣的绿色袖子上坠毁，形成一小垛一小垛颓坍的残骸。照这个下法，不出天亮，屋子就会没了顶，说不定连树梢都看不见了呢，就像一场铺天盖地的白色大水……遐想使我恐怖了起来，我猛然想起了下午接诊的那个没拉到卫生院半路咽气的小伙子。我瞪大眼睛朝东面望望，我发现我看不见一直躺在那儿的那具年轻的尸体了，我的眼睛里充满了凄凉厚硕的苍白，尽管惯看了死亡，但我的头皮还是猛紧了一下。

这个小镇卫生院总共有四排房子，最后一排竭力往远处趔开，像是在躲避着什么——那是职工宿舍，其中一间就是我的家。前三排房子是门诊和病房，第一排房子几乎横在这个空旷的大院子中间，和前后院墙的距离差不了多少，现在我就站在这排房子的前头，我感觉是站在一处荒野的大树林子里，我的身前身后挤满了泡桐树——这是一种速生树种，树干都有一个人的腰身那么粗，好像并不是树，而是一具具站立的尸体。这个院落里死去的人怎么着也比这些桐树多，至少得是这些桐树的上百倍。这个卫生院的历史已经不算太短，它收治过自缢的"右派分子"、被饥饿的瘴气吹得胀大的浮肿症患者、胳膊打折的红卫兵……总之是功勋卓著！不信你去那间阴暗的院长办公室看看，那满墙的千篇一律的奖状和苍老得像血痂一般的红色锦旗，很能说明问题。

躺在雪下的这个年轻人是下午四点多钟被一辆架子车驮来的，那会儿阴沉着脸的老天还没有掉落下凝固的泪珠。实际上生命早已从那副年轻的身体里溜掉，只是急急慌慌送他来的那群人不知道而已，他们也不会知道，因为没有一个人不是红头酱脸的——他们都被酒精糊弄得昏头昏脑了，当然也包括这个如今一点儿动静也没有了的人。我检查他的心跳和脉搏。我没有发现一点我要找的东西的迹象。然后我翻转那张脸——那哪是脸，分明是一摊冷藏过的烂肉，没有鼻子，也没有明显的嘴裂，而且所有的出血都已经发黑，不再鲜红。我找来一把镊子，艰难地撑开了他的眼睑。他那凝血块簇拥下的瞳孔已经散大，比一分硬币的面积还大，据此推测至少在半小时前他已经停止了呼吸。"他死了，"我想，"但这是我见到的第几个没进医院就已死掉的人呢？"记不清了。实在是记不清了。人活着，就是这样，上一夜还舒舒服服躺在温暖的床上做着美梦，而这一夜，仅仅是十几个小时之后，已经用上了白雪的被褥。这个年轻人的死因很简单：两个人在酒桌上发生了口角，有另外一个人劝架，他连那人都捎带上了，于是一群人揍他一个，他们用脚踢，用凳子砸……他是个性情暴烈的人，酒精又点燃了他那暴烈的性情。如今一切都熄灭了，只有他那副白雪覆压下的身体，在静静地等待明天县城公安局的法医来解剖它，做出鉴定，好使那群人中的一个或几个尝尝钢铁打制的子弹的味道，变成和他一样的东西陪伴他腐烂……那群人一看他咽了气，都不屑于将他挪进太平间，就那么吵吵嚷嚷论是争非去了，再不见踪影。

诊室里的吵嚷有点像发疟疾，一会儿高起来，一会儿又低下去，甚至出现一阵一阵的死寂。值班的护士已经从床上爬起来，惺忪着睡眼给老头儿挂上了吊瓶。我不知道他们什么时间能商量好，什么时间能把老头儿转走。但实在是太冷了，而且湿透了的鞋底又旧病复发，我必须找个稍稍暖和一点的地方打打盹。我不想回诊室，也不想去那间夜班休息室。还不光是休息室的前窗正对着那个沉睡不醒的年轻人——我觉得死的人我见得多了，已经不怕了（在医学院读书时我就在解剖实验室手握铁叉子捕捞过福尔马林浸泡池里的尸体）——你没见休息室里的那床被子，上头的灰垢能揭下一层来，即使和衣躺进这些被子里，也让人作呕。但又有什么办法呢，我终究扭不过那些无孔不钻丝丝入扣的寒冷，当我的骨髓快结上冰凌碴子时，我无奈地蹿上檐廊，向休息室走去。

说着不怕，心里还是有点怵。我管不住自己的眼睛，目光老是想向那处新坟形状的雪丘溜。雪仍在下，一点也没有变小的意思，好像天底下的所有鸟类都被天帝邀请漂白，然后宰掉，在这个深夜撒向大地。那些纷飞的羽毛，那些肢解的翅膀……叠擦在树枝上、屋顶上、死掉的人的身体上……有一根树枝承受不了，闪跳了一下，丢掉了那团白色的东西，于是大地喷响了嘴唇，冷漠地表示着轻微的亲吻。可是人死掉就这样死掉了吗？他会不会有灵魂？要是有，它会不会从他身上轻悄悄走下来，跟在我的身后？我头皮一紧，慌忙扭过身子——除了广大的白色外，还是白色。我把钥匙插进了锁孔。门开了。屋子张大了黑暗的嘴洞，看不见牙齿，但黑暗深处也绝不是咽喉。我揿亮了手电，昏黄的光斑于是拽出来了墙壁、桌子、木床……把它们放在它们应该在的位置上——也许它们真的从来没动过。我急慌慌关上门，仿佛这样就把跟在我身后的鬼魂隔在了外头，但当我转过身子时，我发现我错了，一个人待在黑暗的、局促的、无处可躲的屋子里，比待在空旷的室外更恐怖！我点上蜡烛。我的手在抖，都捏不住火柴的尾巴了。而且我看见蜡烛比我还害怕，那张黄澄澄的小脸崭露了一下，马上又缩了回去。它害怕，它痛哭了好一阵子，泪水都差点儿溢落下来，可最后它还是不得不出来。那张黄黄的小面孔很紧张，扭过来转过去，四处乱瞅，好像它已窥觑到了什么。

我没有脱军大衣，就那么往床上一轱辘。要不是鞋上有泥，那我连鞋子也不会脱掉的。蜡烛没有被我吹出的气息掐死，我要让它自己烧完自己；为了防止最后的烛焰燃着木桌，我找了只250mL的生理盐水空瓶，嘱它嘴里噙着半截蜡烛仰脸站在那儿。我真想让那堆兄弟吵架的声音再响亮一些，因为四周实在是太寂静了，除了我鼻孔里出出进进的空气声、树枝上颓雪的偶尔塌落声外，就是隔着重重墙垣传过来的这些丑陋的声响了。尽管丑陋，毕竟是人的声响，从活着的人的温热的体内生长起来的。而魂灵却是冰冷的，不具质地，看不见，摸不着，但又能分明感觉到。人不可能没有魂灵，因为自作聪明的医学家们把大脑、神经什么的颠过来倒过去解剖分析，提出种种理论假说，而那些什么细胞膜细胞质、电突触化学突触、乙酰胆碱去甲肾上腺素……最终却解释不了人为什么会有思想，又为什么会爱会痛，会有五彩缤纷的情绪变化，就和俯视我们的天空一样。这些神秘的东西绝对不是起源于物质，物质——脑也好，人体的其他什么器官也好，只能是这些神秘东西的载体，暂时寄居所……这么说来，灵魂是的确存在的了，而躯体死亡之后，这些灵魂又到了什么地方呢？他当然不会死，死掉的仅仅是住过的一处小地方，他哧溜一下就飘离了那蜗居。如今，他一定就在这附近游荡，他会不会来敲窗子？……没有活着的人，有离我也太远，隔着重重的墙垣、重重的黑暗：药房里有一个值班的老药师，天一黑他就钻进了被窝，有了病人取药他就裹着被子来来回回走动；还有护理值班室的一个护士，总是睡眼惺忪的，哪怕是正晌午她也像没睡醒似的——她从来就没睡醒过！后面一排房子——也就是病房，只住着一位晚期肝癌患者，但他只在天冷清明时发作疼痛，他的疼痛倒很响亮，像是屠宰场的声响，只有吗啡、杜冷丁之类的屠刀才能割断这些响亮的疼痛。我希望那堆兄弟吵闹得再厉害一些，而且最好动动手，让某些爱看热闹的人从梦中走出来；我还希望护士突然发疯，狂呼乱唤；希望药房的老药师不小心把着火的火柴残梗扔进酒精桶，肝癌患者的疼痛一反常规不期而至……但什么也没有发生，寂静爆出蓝光，低低地吱吱叫着。一小缕一小缕被雪追杀的风从窗缝里钻过来，左一把右一把要擒住烛焰，但每一次都不成功，烛焰躲闪得非常灵巧，又非常得意。我已经不再哆嗦，细菌与病毒的旋涡——那床灰垢能揭下来一层的被子席卷着我，给我送来了麻醉肉体的温暖。我醒着，在昏昧的烛光里大睁着眼睛，事情就是这时发生的，因为我睁着眼睛，所以自始至终我都看得一清二楚。先是看见木床四角撑蚊帐的尿黄色竹竿陡然变大，我还没吃怔过来，那些陡然变粗变高的尿黄色物体已经朝我扑来——他们是活的，除了没有头外什么都有！他们是人！他们一声不响，按的按，跪的跪，压在我身上。我大叫一声——这时我才发现声音没有了，他们已经取走了我的声音！恐怖像一枚在体内引爆的炸弹，摧开了我所有的毛发。那四个尿黄色的人按压在我身上，不，他们是怀孕的母牛，沉滞虚肿，不但是恐怖，还让人恶心……现在我清醒一些了。我知道他们是鬼魂，是那些死去的病人，要不就是前来收魂的冥府差役。我必须冷静。挣扎是没用的，越挣扎他们按得就越紧。我想我得暗暗攒足劲儿，猛地一撅，一定会成功的。我不知道我为什么那么信心十足，为什么坚信我会从重压下站起来。我停止了动作，歇下来了。我想他们趴俯在我身上，要说点什么的，至少互相说点什么吧！但我错了。四个没有头的家伙沉默着，一声不哼。他们相互之间也没有要搭理的意思。他们都很专注，专注地压迫着我。这时我开始实施行动，我嗨地一喝——实际上任何声音也没有——撅起来，就像孕妇最后的阵痛。从幽远的黑暗里析离出一个声音，越来越清晰，越来越响亮。那声音像凿子一样敲碎了凝固密封的冰层，窟窿越来越大——轰隆一声我醒了。我听见窗外的叫声很急促："赵医生，赵医生，快，快……"我喘着劫后余生的粗气。我的身上淋漓着暴雨般的大汗，但这成群的汗水却不是通红的炉火召唤出来的，而是黑暗，和比黑暗更黑暗的寒冷。

我站到了窗外。暴雨般的大汗贴皮结了一层薄冰，我一动作它们就咔咔嚓嚓地碎裂——我的上牙和下牙开始了自动的交谈。"怎么了？"我问，"你们怎么还没转走？"

"哎哟，我还不过来，气了，一定是，断了。"我已经听出是那三兄弟中最不可一世的一个——老二的声音。他的身子佝偻着，不像是装模作样。我还听见门被关死的诊室里有叫骂声、扭打声，就像霍乱病人的腹泻一般朝这边溅散。"赵医生，你赶紧，给我瞧瞧！"老二的牛皮一定是被戳了洞洞，和刚来时鼓鼓胀胀的架势截然有别。

"走，"我掖紧军大衣的前襟，"到诊室去看！总不能在这儿看吧？"

"就在这儿，就在这儿，"老二鼻子眼枯皱着，嘴里不住地哎哟，又说，"你看看肋巴骨断得多不多——我光听见咯叭咯叭乱响，断得不多我得赶紧走！"他不住地往肚子里泵冷气。那些深入骨髓的冷气是能糊弄糊弄骨头的新鲜断茬，他似乎痛得轻了些。

我给他做了胸廓纵向挤压试验（这是很有效的诊断方法）——肋骨的确有骨折，不但试验是阳性，而且我的手也听见了骨头断茬幸灾乐祸的低叫声。我想确定一下骨折的具体部位，就嘱他稍稍掀起衣服，让我不太冰凉的手叩问一下断了的骨头——这时，不知怎么回事老二出溜消失了，就像他压根儿就不是实体而是一堆具形的与黑夜颜色一体的烟雾，我悬在半空的张开的手环握的竟是虚空——难道说刚才根本没有过老二，也没有过拯救我于重压之下的老二的呼叫？难道这是又一场梦魇？有什么唰啦撞开了我的手臂——接着我就看见了两条在泡桐树林里追逐的黑影。没有叫骂，没有任何言语，只有玷污白雪的纷乱的脚步声、呼呼哧哧的喘气声。他们兜了一个弧形的圈子，然后双方从那个年轻人的尸体上越过。追赶者一定是踩了尸体圆咕囵吞的头，脚一滑险些跌跤。他身子一个趔趄，从而与被追赶者拉开了距离。在苍白与夜暗混沌成的背景上他们就像两条咬架的尿黄色黑狗，不过是用两条后腿直立着奔突蹿跳而已。"我操你娘！"懊丧的追赶者骂道。我听出是老三的声音。

"我操你——臭娘!"老二已经逃到了大院门口,恶狠狠回敬了一句,一点儿也听不出来他有肋骨骨折。

"中!"老三说,"中中!"老三又说。他的肯定的声音不高,但饱满着杀机。他在呼呼哧哧喘气。他大张着嘴,把身体里无法弄碎的呼呼哧哧的磕绊声响倒出来。"跑掉和尚,跑不了庙!"他指指戳戳的手指一亮一亮,泛出金属特有的寒光,"不报这一刀之仇我不头朝上活一天——"他能把字语连成一溜甩出来了,而且话尾巴又长又粗,让人觉着是雪地上溜过一只老狐狸。

在手电筒喷吐的光雾里,我看见雪又大了,雪片一块一块,像一只只苍白失血的断手从天际悄然坠落。我还看见满地白雪的枝叶上开放出了点点滴滴鲜红的花朵,是剥落的艳丽的红指甲?在这样一个深夜,发生任何事情都不稀奇,何况我又是刚和那么一个梦魇打过照面!我不想深究,也不想看兄弟俩怪没意思地搏架。我让手电筒领着我走向诊室,我想看看那个现在还属于我的肠梗阻病人。

真想不到我刚才差点儿羽化成仙的天堂般舒服的诊室,现在成了个大粪坑,那些恶浊的秽气没等我进门就先扇了我一巴掌。我皱着眉头,头昏脑涨的——曾经支棱着一蓬蓝头发活活泼泼少年似的煤炉,横卧在地上,已经断了气,不,已经变成了一具冰冷的灰暗骷髅。我坐在里头闭目养神的藤椅上,盛着那个一侧嘴角搐动不息的老大;他把一只脚放在另一条大腿上,像抚摸一个女人一样抚摸它。老头儿仰躺在床上，一只手拍床舷，一只手拍墙壁："娘哟……老爷辈子哟……这可叫我咋办……"他就会说这几句话。他肚子里已经没有太多的语言，语言都被膨胀的疾病挤走了。

屋子成了臭味博物馆，古代的现代的，物理的化学的，有机的无机的……乱哄哄的：呕吐物里的隔宿食物味、脚旮旯里窖藏久远的浓香、能让人的肺一下子扩张气管却缩窄的燃烧不完全而早产的一氧化碳畸形儿……应有尽有，比盛夏时节茅池里的蛆蝇还多；对了，还有血腥！我一进屋子，老大抚摸的手就止住了。他眯细的眼裂猛地绷宽，死死盯着我——不，是盯着我后头，"血!"他叫道，"出血了!"

他嘴洞里铳出来的声音把我的脸磨转过来，于是我看见老三受伤了。他跟在我的身后。伤口埋伏在他头顶的什么地方。他郁郁葱葱的黑暗头发弄错了季节，把雪夜当成了金秋的晌午，纷纷爆荚，一队队红色的豆粒蹦跳了下来。他狂傲而愤怒的脸上披覆着赤霞的流苏，活像加冕仪式上的皇帝。

不过我估计也碍不了什么大事，头皮血运实在太丰富了，往往小题大做，不大一点的伤口也会血流满面；再说他年纪轻轻的，出点血也算不了什么，一次只要不超过 300mL，是不会对身体造成任何危害的，反而有益，能刺激骨髓的造血机能。所以我不着急，甚至连看也懒得多看一眼。我走向老头儿。我看见吊瓶里欢快的气泡沉寂了下来。老头儿一定剧烈挣扎挪动过。因为胳膊上扎的注射针头导管被静脉里的回血渍堵了。

"你觉得怎么样?"我伸手去检查他的腹部，一只来历不明的枯树根般的老手麻利地按住了被角。"大夫你行行好，先看小三儿！——我不要紧。"他竭力扭着头，往他的皇帝儿子那儿瞅。

"嗯，"我想了一想，"好吧，"我说，"——你去把护士叫来！"我对老大说。

"护士？"老大从藤椅上下来，一瘸一瘸跳趿几下，"好！"他答道。

"你的脚怎么啦？"

"烫的，"他咧开嘴笑笑，嘴角搐动了两下，"叫炉肚里飞出来的煤核儿蜇了一家伙。"

"你按紧，"我安排老三，"你按紧伤口就不出血了，护士一来我就给你包扎！——把手里的匕首扔掉！"

老三这会儿很乖乖。刚才我看见的发亮的手指原来是这把匕首！它当啷一声跳在了地上。我看见老三马上用一只脚踩住了它，像是怕它逃掉。

睡眼惺忪的护士镶嵌在了门口，仿佛一幅木框里复原的破烂不堪的出土丝帛画。"你这老头儿年纪这么大了还这么不精心咋又回血了！"她先看见的是她的注射针具。我说你先别慌，咱们去手术室给他拾掇拾掇头再说！她不高兴地斜了老三一眼，从门口倏地就消失了。

站在门外的檐廊上，我的手电筒没忘记那个雪底下的年轻人，它不经意地朝他照了一眼。起风了，树枝的摩击在半空铿锵。雪坟已经没有了，风抚平了一切。这时，不知为什么，我想起了今年暮秋一天上午的景象……那层焦黄的叶影纷乱地铺缀在白地上……好像是刚刚发生过，或正在发生，好像时间的旋流一个急转弯，又回到了原来的地方。不过雪实在太大了。风也张狂，一眼能窥破你的一切，再一眼就下了手，剥光了你的衣裳又剥你的皮，我听见它在我的身体里剔骨头，哧啦啦，哧啦啦……太冷了，我的脚指头在叫唤，牙巴骨子也在奔逃。那个总是半睡半醒像是活在梦中但性格却异常倔强的护士走在最前头，她把一条腿插进雪体里，然后再拔出另一条腿。她白大褂的下襟拖拉在深雪里，个子一下子显得矮小了，像只翅膀打断了的兀鹰。我走在中间，我的脚寻找着银色雪体上的黑洞。最艰难的是那兄弟俩，他们跟在我的身后，老大咕咕哝哝总想扶住老三，但总被老三拒绝。"滚！"老三说，或者加上一句，"上一边去！"在这个白色的寒夜，我们一行四人就这样孜孜磕磕深一脚浅一脚艰难地走向手术室——那儿能疗治我们身上的伤口，就像是一轮温暖的太阳。

手术室是第三排房子的最里头两间，和其他的房子没什么区别，无非是隔墙上挖了个门洞而已。设施呢也没什么好说的：一台四孔落地无影灯，灯盘有枯萎的向日葵那么大，来电的时候，为了模仿人类，只瞪亮两只眼睛，但一见电这灯就高兴得弄不清自己是老几，浑身上下都佩戴上电，你不知道怎么一碰，一准从手梢麻到臂根儿，身旁站这么个虎视眈眈的家伙你怎么也不会放心得下；两三只盛满新洁尔灭消毒液的白色方瓷盘，慵懒地斜躺在朱红的破桌子上，浸泡着一些不得不泡的手术器械；另外还有一个手术包，被倔强的护士包得瘪瘪歪歪疙疙瘩瘩的（她打包不在行），塞在一只低矮的黄不拉嚓的床头柜里。唯一值得炫耀的是手术床，是卫生局一个什么什么项目拨给的，崭新崭新，油压升降，身上长满了各种把手和踏脚，就像一个多发性皮肤疣瘤患者，功能实在是齐全得用不完。但我不明白他们为什么拨来个手术床，这和给尼姑庵里娶进个新媳妇又有什么不同——纯、扯、淡！

不管怎么说，我们总算站在了屋子里，尽管是手术室，还是比风雪弥漫的外头暖和。不怎么称心的是，两只器械盘里的新洁尔灭消毒液都结上了薄冰，那群藏在冰层下的器械，青光闪闪，朝我们露出狰狞狡诈的笑容。"点酒精！"我说，"把那些冰化掉！"

手术室可能是空置过久阴魂过多的缘故，平时就让人觉得又凄凉又寒冷，即使在气温 42℃ 的大夏天，你进到这里头也不会出汗，角角落落都是令汗毛立正的阴森。我让护士点燃酒精，也有想烤烤手的意思。你别看酒精的蓝舌头颜色不深，但照样能把皮肉烧焦，不大一会儿，方盘里的冰就被它舔光，还微微地冒出一缕缕白气。

真想不到老三头上的伤口是如此厉害：至少有十厘米那么长，而且还露出了白生生的骨头，而且白生生的骨头上还有一道不浅的刻痕。"他用的什么刀子呀，这么锋利！"我想，"他一定把平生的力气都放了刀刃上，否则刀子是磕不动骨头的！"出血真多，就像一群能随音乐起舞的喷泉，有一支小动脉不知道怎么样一转，一条血线向我戗来，险些溅我一脸。

我白大衣的前胸已经是百花争妍。我一手用纱布压迫止血，一手开始割除伤口周围的头发——那些黑暗的庄稼。老大给我们打着手电照明。老大不时地惊叹：哟！呀！……后来他咻咻地说："我……我拿不住……了。"手电筒的聚光斑从黑庄稼地里溜开了，就像一只受惊了的野兔。我扭头看他："怎么啦？""我……晕血！"他的声音很低，他的脸受了白雪的感染，一下子没有了红色。

"滚！"老三在消毒手术巾底下叫，"不想照你就滚！"老三的愤怒使布单瑟瑟作抖。

"不是，"老大说，"我真……晕……我想干哟！"

"他不照谁来照！"护士说。

我压迫止血的手稍稍用用力。我想安抚老三，"他是真晕血，"我说，"我干临床时间不太长，但还没有人装模作样能瞒过我的眼。"

"晕血！——秋天犁地××腿轧断好几截血淌成河你怎么没晕！"

"他不是，"老大的声音又低了半尺，"我兄弟……"接着呼哺一声，他就在我的身后放倒了。我让给我帮忙的护士下去，"你给他弄点开水喝喝，一会儿就过来啦！"我说，"不要紧！见血晕厥的例子我经见多啦！"

"你说得怪轻巧我到哪儿去给他弄开水！"护士圆咕囵吞雪球般的白头在我的面前转动（她头上箍着白帽），她两只黑洞洞的眼睛对着我，就像两只随时都要发言的枪口。

"嗯？"我把眼睛挪到正在张合的剪刀上，"那你就给他推管葡萄糖!"

"葡萄糖!"她抹掉橡皮手套,那个白色的雪球随即在我的眼睛底下滚走,接着她的声音在我的身后响起,"他的头也出血了,"——又待了一会儿——"不过不严重——碰破点皮。"

我知道静脉注射葡萄糖也不可能,谁给他蹚着雪去药房取药?再说葡萄糖用时不还要用热水烫一下,于是我又说:"那你就放平他的身子,让头放低一些。"不过水泥地可真够呛,他躺不了一刻钟身子一定会被冰透。

我清理好了伤口,但在烛光下别说解扎出血点连缝合皮肤都不可能。"我看不清怎么办?"我的眼睛在寻找白色的护士。

她走过来了。她把一支输液架"铛"地放在我身旁,然后用绷带把什么拴在上头,接着咯叭一声,她揿亮了悬吊的手电筒。她把聚光斑赶进伤口处,"这不就好了!"她说。

好了!我们开始手术伤口。鲜血就像盛夏经雨的红草,一簇一簇,茂茂盛盛。站在我对面的护士拿纱布的手一刻都不敢放松,可仍然揾不净。我指使镀镍的持针器噙住弯针,像一个潜水者那样灵巧地钻进钻出。帽状腱膜缝好了。皮下组织缝好了。我喜欢听针线走过血肉的匆匆脚步声,喜欢看伤口的红色嘴巴在我的手下闭拢。我真的能使喧哗的疼痛沉默吗?……不知道,也说不清。眼看一只身材匀称的大蜈蚣就要爬在了那片剃得并不怎么干净的头皮上,这时,一个幽幽的声音猛然在我的耳朵旁绽放,吓了我一大跳:"赵医生,我听见俺爹叫唤,我去看看!"——不知什么时候,老大的晕厥被冰凉的水泥地板冻死,而他却站了起来。

很快老大就风风火火回来了。他的脸嵌在半开的门里，烛光也没能使它红润。他喘着粗气，断断续续地说："快……快！俺爹……快咽气啦！"

我把剩下的活尾巴儿交给倔强的护士，转身钻进了风雪里。我想逃开血腥对我的钳制，想马上被冷峻干净的空气裹挟。老大在我前头三跳跶两不跳跶，就已经到了诊室门口。他站在那儿等我。我真想在雪地里耽留一刻，忘记病人也忘记这些兄弟。但老大在急切地耽望我，我只能快走几步赶过去。

诊室里现在不那么凌乱了，陶火炉张着死亡的嘴洞，站在了原来的位置上。地上也干净了不少，踩碎的煤渣覆盖了呕吐物的痕迹，躺着的椅子们都像列队的兵士，直挺挺竖了起来。老头儿的病不轻，但还不至于马上去阎王爷处报到。他已经没有力气说话，他的身体里储存的声音已经不多，声音都变质为异样的肠鸣，只能通过听诊器才能爬进人的耳朵。他艰难地抬起手，啪啪地拍肚皮，我能听懂他手的话语，无非是在诉说肚子难受。不说我也知道那儿难受。说实话我对老头儿印象不好，特别是他在儿子们面前还装模作样，露出一副可怜相去向自己的孩子乞讨同情，这不能不让我侧目。但我有点可怜他了。我知道他这会儿的痛苦的样子不是装的。他已看见了死亡，死亡要你不由得不真诚。在和死亡的交谈中你根本做不了戏，因为一见死亡你就没有了做戏的力量。狰狞的死亡让你裸露出彻底的本质。我知道他今夜是别想去县城了，也许明天有可能，但依我看可能性也不会太大。我说："大爷，不要紧，我给你想办法……会有办法的！"

其实又有什么办法，无非是给他下根胃管，来暂时缓解一下胃肠的压力，这在医学上叫"姑息疗法"。"姑息疗法"，多么好听而恰切的名词啊。在他的胃里插根管子，和在一场洪水里安装个抽水机作用差不多。但也只能如此了。没有更好的办法，我是想不出更好的办法了。

护士和老三回来了。我嘱护士马上给老头儿扎上吊针。老三一手捂着头，脖子仍然一梗一梗的。他头上的绷带一片洁白。他的头就像是一处雪丘。绷带的中间正在变红，正在变红。我知道伤口在渗血。我安排他用手压着，"压紧，"我说，"就像刚才一样。"

我让老大搀扶着老头儿，让他半躺着，然后给他下胃管。我把那根管子的一头从他鼻孔里送进去，一边叮嘱他："咽！咽！咽……"下胃管确实不好受，那管子有手指头那么粗，硬撅撅的，单单是那种泛黄的颜色让人一看就不舒服，那种黄色让人想起蛔虫、蚯蚓之类的蠕虫。而就是这条在别人的身体里也许进出过一百次的脏里巴几黏答答的橡胶玩意儿，又一百〇一次钻进了你的身体，爬过你的鼻孔、喉咙、食道，探进了你隐秘的胃，而且头插进胃里，尾巴还余出鼻孔外老长……胃管没有达到目的，它刚进了喉咙就遭遇了呕吐，呃，呃，呃……老头儿一个劲儿地在干呕，接着他一用力，我看见那本应深入下去的管子，却从嘴巴里爬出体外——他把管子吐出来了。我要拉出来，被他摇摇手拒绝了。他要自己悠着劲儿拉，他能够平衡手上的力量。我由着他一点儿一点儿往外扯管子。我叹一口气抬起头来，门没有关，寒风一小股一小股挤进来，我能借着雪光看见寒风们摇荡的树枝，那些树枝紊乱了矩形门口的上半部分，它们像一群纠缠撕咬的蛇，每一根树枝都绷满了力量。这时我又无端地想起了暮秋的一幕景象……

那是数月之前，在那天上午，我一直觉着不对劲儿，但又找不到哪儿不对劲儿。屋子还站在原来的地方，树木也没有挪位置。我该上厕所的时候去了厕所，而且也吃了早饭，因为摸摸肚子饱饱的。但就是不对劲儿，站在屋外不对劲儿，到了屋子里还是不对劲儿。我用听诊器听心脏，听诊器里传来的仍是有规则的搏跳声，窦性心律，每分钟八十二次。但为什么我觉着世界少了点什么，要不就是多了点什么？我想哭，但并没有要哭时的痛快的泪水。有一片阴影正在我身体里生长，或者已经覆盖渗透了我，但这阴影既不是癌也不是任何其他瘪块。瞅个空儿，我在那一棵又一棵竖尸的桐树间踱步。这时我看见老药师佝偻着身子，脸却仰着，手里还拿着个什么遮盖眼睛。他在望什么。他在望什么？"嗳，老师，"我唤道，"你看见了什么？"

他把仄歪的头放正，然后看了看我。他把手里的东西递给我，"你看看吧！"他说。

我照着他说的做了。我把那片棕色的玻璃贴着眼睛，这样我就能张望那轮天天张望我们却不让我们轻易张望它的太阳了。我看见了太阳并不完美，它有一处大豁子，有一处黑暗的大豁子，就像被谁胡乱咬了一口的大烙饼。我知道太阳不想让人轻易看它的原因了，它无非是在用稠密炫目的光线遮丑而已！我昏沉沉的眼睛离开棕玻璃，老药师问我："看见了吗？"

"看见了。"我答。

但老药师并没提太阳怕丑，老药师却说："——日食！"噢，是日食！我这才觉出自己的愚蠢，竟然没去想这个最基本的天文常识。老药师又说："这算什么食！——我年轻时见的日食，就跟夜里一样，一仰脸都是星星！"是的，无论什么东西，总归是年轻时的好，包括日食。

我知道不对劲儿的原因了，是日食。我发现了满地的树叶的影子，每一片树叶不是一个影子，而是两个，或更多。那些影子重叠在一起，比平时多出好几倍，但没有平时黑暗得深邃，有点枯黄，就像被烧过没有烧透一样。对，是一种被炙烤的感觉——这就是不对劲儿的真正原因！——被炙烤，却不是真的热烫。像是走在无穷无尽的废墟中，刚刚肆虐过大火的残垣断壁的废墟……

老头儿艰难地一厘米一厘米地扯动着胃管。他没有从鼻孔里原路拽出胃管，而是直接从嘴里使唤胃管钻出来。从嘴里逗头钻出的胃管越来越长，就像鼻孔外残留的管子越来越短一样——突然我想出了一种方法，也许能将他身体里的疾病冲荡干净！我要给他试试，既然他已经没有任何其他疗治的希望，我何不给他试试！

我想到了一剂方药：大黄牡丹皮汤！大黄是一味永无宁日的药材，它所到之处鸡飞狗跳，但它又不像乌头一样杀气腾腾。大黄会率领诸味无事生非的中药撺掇肠子蠕动加紧，三拘挛两不拘挛，说不定套叠扭结的肠子就会放手和解，再成通衢。但和灌肠疗法一样，使唤这种虎狼方药也要以手术做后盾。但事到如今，除了死马当作活马医外，已经别无他途。

猛然寒风掷进屋来一种巨大的声响，这声响震得烛焰颤抖不止，连苍白的黑夜都怔了一下，似乎一下子停滞了时间的流逝。黑夜仅仅是吓得打了个寒噤，然后它就义无反顾地向着残缺的太阳挺进。那声响又爆发了，就像一株高山镇不住地壳撼不死的火山树，狂野、激烈、茁壮，熔岩的繁枝茂叶里绽放着燃烧的鲜艳花朵，它呼啸着长大，扩展，再扩展，无休无止……

那是肝癌患者的啼鸣。他比报晓的雄鸡更准时。他身上的疼痛们过足了觉瘾，是该折腾一阵子啦！

天就要亮了。我知道天就要亮了。

我要跳跳舞

　　送走了病人，叶医生没有离开的意思，他将无菌手术衣从身上卸下，团了几团扔进角落里。角落里堆着手术巾单，能看见那些巾单上沾染的血迹，就像一朵朵踩烂的鲜花。那些巾单因为反复进出高压消毒锅，早已没有了最初的洁白，微微泛出些黄头，就像染了毒瘾又患了梅毒的某类女性的皮肤。手术室里空调嗡嗡响着，开得很足，叶医生只穿了一件手术工作衣，但一点儿也没感到寒冷。而坐在没有取暖设备的病房值班室里却大不一样，要想在椅子上坐稳得披着大衣，因为节令已进入初冬。要是没有紧挨着的病房里病人的痛苦呻吟声扰乱，你就能听清窗外的寒风在呜呜地叫唤，比空调叫声响得多。

　　这是骨科专用手术室。叶医生是这个科室的骨干，再过两个月，他就能拿到副主任医师的职称证书了。他们刚刚做完一个手术，是外科转来的，最初他们试图给他做"断肢再植术"——叶医生手巧是出了名的，他能接上离断了的小白鼠的尾巴，能将直径仅为几点几毫米的小动脉吻合通畅——

但仔细检查后不是那回事儿，那条腿已经伤痕累累，有些黏附着凝血块的伤口里还吐露着被搅烂的肌肉断茬。伤口污染也严重，泥土和草屑糊了一层。叶医生知道这样的断肢根本没有再植的价值。叶医生对病人家属说："别说是我，你叫某某教授来也一样接不活！"某某教授是国内断肢再植的权威，据说曾得到过某一届美国总统的接见。

他们把那条没有价值的断腿扔进了污物桶。他们给病人简单处理了一下残端，就送进病房去了。在手术过程中，病人一直在呜咽："我的腿，我的腿呀……"这就是在漫长的呜咽当中他会说的仅有的一句话。这句话生长在呜咽当中，有点像河流中的芦苇，不时冒出来一株，不时又冒出来一株，每一株都在瑟瑟发抖。

这个病人很年轻，还不到二十岁。他那条腿也非常年轻，尽管沾满了污血、草屑、泥土以及其他说不上名字的东西，但仍能不时看见一小片白皙的皮肤闪动，还能看见皮肤上没有发黑的汗毛。

这条腿是在一台柴油机带动的机器旁奔跑时，被疯狂的机器伸手抓进去的。那台机器不停地吞吃着泥土，又不停地把泥土拉出来，像是糖尿病人并发了胃肠炎；但它拉出来的泥土已经千篇一律方方正正——那是一台生产砖坯的机器。

九孔无影灯很明亮，把有点发蓝又有点泛黄的碗口大的聚光斑印在手术台上。整个手术室都非常明亮，天花板上还有好几管日光灯在哼哼地流泻着辉光。手术室的味道也很好闻，有淡淡的甜甜的血腥味，有布单经过高压蒸汽考验后所特有的煮棉花味，还有物体被紫外线灯注视后喷发的芬芳、酒精地中海女郎般热烈撩人的气息……这一切把深夜的手术室装扮得有点像幽谷里初夏的花苑，怨不得叶医生坐在皮转椅上，跟个顽皮的小孩子一样，把双手交叉揣在胸前，转了一圈，又转了一圈……

这时手术室护士从洗刷间里走了进来。"好了，"她说，"拾掇完了。"她一边说一边把捂得严严实实的浅蓝色大口罩摘掉，于是一张好看的脸蛋就像朝阳一样在这座花苑里升起。在手术室里摘掉口罩是违反规定的，但叶医生没说什么，而且他自己也跟着把口罩摘了下来。能看得出来，叶医生和护士的关系非同一般。

"嗯，"叶医生又在皮椅上转悠一圈，"我想喝杯热奶。"

护士没有吱声，转身从另一扇门里走了出去。手术室里有好几个门，有的通洗手间，有的通洗刷间……天知道他们为什么这么设计，好像是不但为了迷惑病人，还迷惑那些不常走进这种建筑的人，好让他们自己在某个秘密的房间里专心去干外人怎么猜也猜不透的事情。

一分钟以后，一杯冒着袅袅热气的乳白色牛奶已经站在了叶医生环绕的五指当中。护士也端了一杯，她离叶医生很近。叶医生能嗅到她身上的花香。嗯，有点像栀子花……不，像玉簪……叶医生喝着热奶，品着他不需要俯身就能闻到的馨香。他很惬意。他和她随便说着话，谈论一些科室里的事情、病人的事情……杂七杂八的，但就是没提刚刚送走的这个病人，和污物桶里待着的那条断腿。你可以看得出来，叶医生和护士关系很亲密、随和，但并没有（也许永远不会）超越某种界限。对，叶医生和护士都是很传统也很正统的男人女人。他们可以贮藏许多心照不宣的秘密，但他们忠实的身体却不会泄露出一丝这种秘密来——有某种天然的屏障隔开着他们。

叶医生坐在皮转椅上转圈，他已经安排病人家属（其实并不是病人的亲人，只是一块儿打工的同乡），一有事情就来手术室找他，他想待在这儿暖和一小会儿，歇一小会儿。刚下手术台的病人通常总是问题连绵，叶医生嘬着嘴吹奶，想快些喝掉。谁知道手术室的敲门声什么时刻会响起呢？

护士搬了一张木椅子，在离他不远的地方坐着。护士一小口一小口地啜奶，而且用双手握着杯子，好像那是一只她亲爱的男人的手。她笑话叶医生喝奶的习惯：他总是把一次性塑料杯捏瘪，让奶平面涨上来，好不用低头不用抬手就叽啾叽啾喝光。叶医生看着她，可是什么也没有看见，他在思考他的问题。护士很喜欢叶医生这种出神的样子。通常女人都喜欢思想着的男人，因为思想能使一个普通的油盐酱醋的男人一下子罩上神秘的光环。

这时有什么东西"呱嗒"响了一下，能听出来是铁器，因为声音有点脆，响过之后似乎还弹跳了几下。但这并没引起护士和叶医生足够的注意。他们沉浸在一种恬静泰然的氛围里，任何动静也不能把他们吵醒。再说手术室里电器很多：吸引器、监护仪、电动这这那那机……经常有莫名其妙的声响咔嗒咯吱冒出来，像是垒着许多小动物的窠巢。谁要是对这种现象大惊小怪，那同事们肯定会笑话他是神经病。

那只污物桶是马口铁制作的，被漆成了白色，白色上缀着三个红字：污物桶，下头还站着一溜小虫子般乱拱的汉语拼音字母。仿佛这样一来，它才能般配这间白和红作为主色调的神奇房子。污物桶主要用来盛放扔掉的饮饱热血不能再用的纱布，当然还有人身上的废弃零件。污物桶的底部伸出来一个脚踏，要使用它时只要脚尖一点，盖子就呱嗒打开。

但这一次并没人去踩动脚踏，盖子还是呱嗒响了。接着那条满身污秽的断腿露了一下头。露出来的是残端，像一张血糊淋啦的脸。看叶医生和护士自顾自喝奶，并没注意它，于是它得意地一蹦，就跳出了桶外。

你要是以为这条腿会躺在地板上，那可就大错特错了。为了便于冲洗，手术室铺的是水泥地板。这条腿站在那儿，蹦了几蹦，感到了脚底下的平整，就更是高兴。它跳了起来，还一弯腰一弯腰——这条腿是从大腿高位离断的，所以有一处能弯能伸功能齐全的膝关节。

不过它浑身上下确实太脏了，刚刚擦洗过的地板上很快印满了泥痕血迹落上了草屑。有几疙瘩血纱布从它身上抖落，它大拇指裸露的白骨头茬子上挂着一只浅蓝色一次性大口罩。它身上哆裂的伤口纵向的多一些，有点发黑的红酱肌丝和披散的雪白肌腱褴褛出来，它一跳就有种纷纷扬扬的感觉，好像它是个穿着带毛的时装的歌厅少女。有一道横向的伤口在膝盖上端，就像两片涂了口红的嘴唇，当它一弯腰一弯腰的时候，那两片嘴唇像是在唱歌。

护士往桶里扔杯子的时候，发现了这条跳舞的断腿。护士事先没有心理准备，猛然看见它站在那儿一扭一扭，禁不住“哎呀”惊呼了一声。“它跳出来了！”护士看着把杯子捏得不像杯子的叶医生。

叶医生看了看，断腿就跳得更欢。它像是从来没这么快活过。叶医生把杯子扔进桶里，抹拉了一下嘴。“让它跳吧，”叶医生说，“它是一条乡下的腿，在烂掉之前是应该跳跳城里的舞蹈——反正地板已经脏了。”

护士有点不高兴，小嘴一噘翻了叶医生一眼：“你叫它跳，跳脏了你得替我擦！”

“当然。”叶医生盯着她，微微笑了。

“你坐过来吧，”叶医生招呼护士，“咱们看一会儿，反正也没事。”

断腿得到了表扬，各种动作的频率一下子变快，而且更加夸张。有一次它蹦起来一米多高，差点儿在无影灯的座盘盖上血戳儿，落地的时候开始转体，像一只陀螺，令技艺高超的体操运动员也相形见绌。它在半空做前后滚翻的时候，蓝口罩的带子被扯断，飘飘悠悠降落在叶医生的脚边。它弯腰的幅度也在加大，能听见上半截断端打在瘪瘪的小腿肚子上——啪，啪，啪……它忘乎所以，越来越不像话，竟然一弯腰一努劲做了个起跳动作，一个鲤鱼打挺，接着它就——站在了手术台上。

“算了，算了——”叶医生朝它摆摆手，也恰在这时，手术室的门被咚咚咚咚敲响。断腿一蹿蹦了下来，一溜烟回到了原来的地方。不过它可能是跳得太高兴，一不小心扭坏了膝盖。那处屈不回去的断端红鲜鲜搭在桶沿上，桶盖呱嗒呱嗒了好几次也没有盖严。

它跳坏了膝盖有什么要紧，它不过是一条断腿罢了！

"我可不去倒掉它了，"护士双手背在屁股上头，有点向叶医生撒娇的意思，"它露出来了，脏兮兮的！"

"不要紧，"叶医生边说边脱去手术工作衣，"不要紧，"叶医生又说，"我这就去叫家属过来。"

"地板还没擦，你怎么脱衣服？"

"我不走。"叶医生话音没消失，人先不见了。很快叶医生又站在了护士身边。叶医生指着污物桶，向白色墙壁半腰结出来的一张疲惫而不知所措的人脸说：

"倒掉它！把它埋起来！"

反正断腿不是扦插就能生根的葡萄藤——它永远也不会发芽！

黑　手

　　他是在一个冬天的下午找到我的。他声称得了肺癌，要住几天医院。我皱了皱眉头，举起一张他递过来的Ｘ线片，边透着日光读片边问："谁说的？"因为医生这个行当有个不成文的规矩，就是不能随便把不治之症告诉病人。

　　他告诉我是省里最有名的一家医院的医生们。他掏出了一大沓纸片，有门诊病历、化验单、检查报告等等，我从上面很快就找到了"肺ca"这个字眼。"ca"是英文"cancer（癌症）"的缩写。

　　他患的确实是肺癌，已经到了晚期。Ｘ线片上布满一团一团发亮的浓云，正常的肺组织几乎找不见。他是一个人去的省城，估计那儿的医生也是无奈，再说一看也到了晚期，索净就把话说透了，兜底儿倒给他了真相。

　　这是个很结实的年轻人（进展很快的癌症还没来得及打倒他），还没过二十二周岁，当然是未婚。他还指望这个接踵而来的春节呢，过节后人们开始串亲戚，正是说媒牵线的大好时机。他说他已经攒了一笔钱，建房子的材料也差不多准备好了，说个媒是不成问题的。他很有把握地朝我笑笑，白牙一露出来，嘴唇的紫绀就更显明。他没想到他会得这个病，没想到把十五岁开始辛辛苦苦六年攒的钱全扔在了肺上。他说这话的时候又使劲呼出吸进几口气，似乎想让他生病的肺听听他的埋怨。

他的双手发黑，但绝不是缺氧所致。我已经干这一行十几年，这一点我一眼就能断定。他是放枪的。那一带人们称"三眼铳"为枪，枪手一律叫放枪的。三眼铳是一种喜庆礼炮，在三个铁制的洞眼里装上火药捣实，然后点燃，就能连续爆发三声巨响。他手上的黑色已经吃进了肉里，都是他来来回回抓取火药时渍的。

他的母亲早早就去世了，他都记不起她是啥模样了。几个哥哥都分了家，各过各的，只剩了他和七十多岁的老父亲相依为命。前一个月，他的父亲跌断了腿，可能是"股骨颈骨折"，没做任何治疗，现在还躺在床上。他跟几个哥哥不搭话。不搭话就是反目，他们从不过问他的事情。至于兄弟反目的因由，他没有说，也不会说的。他恪守"家丑不可外扬"的古训。

他死在三天后的上午，那阵儿我正忙，等候看病的人们挤满了小小诊室，这时护士在门口吆喝：那个肺癌病人快毙了！

三天来都是他一个人去药房取药，找护士扎针。医院条件简陋，极不正规，不可能像大医院那样有专门的护士全面护理。半小时以前他把取来的药品放在护士值班室，然后就回到了病房等着。护士说他的面色不对个劲儿，很灰，就像一片湿透的破尿布。但谁也没想到他会"毙"这么快。

我到的时候，他正在病床上扑腾。他的呼吸困难很严重，嘴张成了一只瓢，伸着脖颈。他的脸就像从最黑的黑夜裁出的一块黑暗。为了使气管尽量张开他仰起的脸不能低下，他眯乜着眼珠寻找到了我，匆急地说："给……我……吸……氧……吸……氧！"每吐一个字得点好几下头。他的眼睛里燃烁着光点，比最亮的星星还亮，像太阳下的刀刃。我知道这是回光返照，一瞬之后它就要熄灭，遁入永远的黑暗。他攥住了我白大褂的衣襟，发不出了声音，但我能听懂他要说的话：给、我、吸、氧！！

跟随来的护士很快就把氧气管插进了他的鼻孔，但这和把柴火扔进大海没有任何区别。他的身体已经没有利用这些材料的能力，那个身体已经不能燃烧生命，和他身子底下的那张木床没什么两样。

他攥住我的衣襟不松手。他在扑腾。我知道这是严重缺氧引起的躁动。他的扑腾没有任何秩序和目的，不多一会儿他的另一只手已扯开了氧气管。护士试图再给他输氧，但怎么也薅不出他手里攥死的管头。接着他的鼻孔和嘴洞里就扑扑地流出了粉红色的泡沫，像盛开的阴界的花朵。这是生命熄灭的征兆。他死了。

他那副年轻的身体富蕴力气。他一直攥着我的衣襟，一直攥着。他死后我仍掰不开那只骨节嶙峋的黑手，最后只得把衣服剪掉了一块。他就那样斜横在空荡荡的病床上，嘴张着，牙齿间开放的粉红花朵已经凋零。他的头发一根根支棱着，就像一只昂扬的刺猬。他的矬实的身体叉开成"大"字形。他一只手攥着一绺白布，另一只手攥着割断的一截氧气管。

这时我才发现屋里一片狼藉，可真够乱哄的：氧气瓶斜倚在墙角、床头柜横躺在地上……一只没有水的暖水瓶枕着一只鞋子在睡觉，另一只鞋子栖落在窗台上。

在窗台上，我发现了一只圆圆的小镜子，镜子的背面嵌着一幅艳俗的女人的画片；一瓶不知什么牌号只剩了一小半的头油；还有一本薄薄的小册子，那上面印着发财致富的五百条捷径……

快过年了，病房里没住什么病人，也没人有闲暇来观看这一场死亡。这个年轻人的尸体是当天夜里没有的，估计是他反目的哥哥们良心发现，为了显示兄长的大度，免费把他送进了土中。

淋湿的梦

我是在天刚蒙蒙亮，清晨六点钟左右走进那个昏暗的下午的。仍是我曾生活过的地方：那个村庄或是那个镇子。两个女人在打架。这两个人我都认识，一个是镇子上的，一个是故乡村里的——现实中她们不可能见面，但梦境里她们却吵得不可开交。围观的人很多，大人、孩子，稀稀落落站了一大片。没有听见应该听见的叽叽喳喳的说话声、喧闹声，但也许是两个人骂不绝口的声响太大了。这两个女子都才三十多岁，是我认识的女子中生得肤色最黑的，也是最健壮的那种。她们都言之凿凿地在责骂对方。后来不知道怎么一回事，两个人手里都抢了菜刀。我预感凶杀要开始了。似乎所有的人也躲开了，因为不再能听见他们的声音、看见他们的影子（不，昏暗中似乎晃动有几个人影）！

其中一个，称她为A吧，一手揪着另一个B的衣服，一手高高扬起了闪闪发亮的菜刀。她就要杀死B了，我的心一缩。我不知道我站在什么位置，但我确切地能看清这一切。我为这样可怕的景象即将出现而瑟缩，为B而悲哀。A的刀削过去了。我看见B的肩膀被齐刷刷砍掉了一块，但没发现肉落在何处，只看见变平了的肩膀上的红茬口。也没发现血流如注的惨景。B没有叫喊。B甚至没有招架之力。她是柔弱的。Ａ又举起了菜刀。在昏暗的夕阳下，刀刃一亮一亮，把Ａ的脸都映白了。她有点张牙舞爪。接着她的刀就挟带着力度冲向B。这一刀砍中了B的肩胛骨。事情开始有了转机，人们包括我的愿望被一下子变作现实：Ａ的刀吃进了骨头，再也拔不出来了。

　　B还在发呓怔。Ａ口歪眼斜地抽了几下，没有摇动嵌进B身体最结实处的菜刀。B的肩胛骨死死咬住不放。许多声音（没看见人）都嚷：快！快！！

　　B在提醒下转过身来，也许是突然才发现她手里也有刀。更可怕的事情发生了：B的刀向Ａ的头颅飞去！

　　Ａ的头颅富蕴的汁液让人不可思议。因为B咔嚓一刀，正中她的颅顶，顺着薄薄的刀体，喷泉的水液一下子射击了出来，比真正的喷泉可要淋漓多了。B的全身以及周围干燥的地面全湿透了，空中盛开着绚烂的白水花！

　　接着B又来了第二刀，更强劲更普遍的水花滋绽开来，整个世界都湿透了。

　　我也被恐怖湿醒。

168

明　灭

　　我住的屋子是间老屋，灰墙灰瓦，还有一个特色就是蛇多，多得都叫你消受不了。你打开锁一推开门，十有八九砖墁地板上会有一盘彩色的绳圈在缓缓缠开——一条蛇不慌不忙地爬向墙角。对了，还有墙角，常常是这一秒钟还空空荡荡的，待你眨眨眼再看时，一根斑斓的带子已经沿墙扯上，带子的一头指不定还会朝你挺一挺呢！我常常有一种心惊肉跳的感觉，老做噩梦，见到自己被多得不计其数的凉浸浸黏糊糊软耷耷的蛇纠缠、淹没，只露出两只鼻孔喘气，胸胁迫紧奄奄一息……我真怕有一天早晨梦中惊醒起床去抓裤带时，抓到手里的却是条曲里拐弯的蛇。可屋子又不能不住，大院里其他的屋子大同小异，情况也不比我这儿好多少，调房也是白搭（调房颇费曲折，不能手到擒来）。我得活下去。我得想出个对付的办法。

　　两个星期后，那些蛇就不想来我屋里串门了。我从一本书里得知，海南岛的人们为了防蛇，在住处绕圈撒上一道石灰防线。蛇大概是有点怵那雪白的粉末。我如法炮制，在屋

169

子里墙根儿旮旯能撒的位置都撒了石灰，而且还在床底下铺开白色的战场——我最怕的是睡眠状态下蛇来找你套近乎，钻到你腋窝里，偎到你脖颈根儿，醒来一睁眼你说会是怎么一回事！唉，谢天谢地，那些能把人的眼睛变瞎的白石灰却使我黑夜里安然入梦。在确信屋子里再也没有那些软体动物无声的动静后，我破天荒美滋滋睡了个好觉。

我大学一毕业就被分配到了这么一个乡级卫生院。卫生院建在镇外，孤零零的，灰头灰脑，倒不像治病的地方，而更像是座关押犯人的监狱。院子的后头横着一条草木葳蕤的小河，河水安静清澈，波光粼粼，但你无法确定那波光不是游动的逶迤蛇身闪烁。报到上班后不久的一天（当时是盛夏七月），一场暴雨之后，我去河堤上随便走走，不经意间朝那有点湍急的河面上一望——乖乖，有点万头攒动的意味：蛇们昂起大拇指般的头颅，都在那儿冲浪！小河实在太静谧安详，蛇群不来聚结有点辜负这丛莽与涟漪。大院成为蛇们的闲逛乐园自不必言，事事都曲曲折折，那些红砖墁地的甬道，叉叉巴巴的，通到每一间房子的门口，让人悚然惊异。那些红砖被雨水一冲涤，显得更红。要是你的身体能自动飞升离地五十米左右，你将看到另一番全新的景象：那些甬道会像一根根多枝的鲜活的动脉，或者像一道道刚刚切开的新鲜伤口。那座死亡的院子一下子充满生命的气息，还会不时漾起阵阵血腥。

大院里第一个使我怦然心动的女人是白医生。我是在一个上午看见白医生的，当时她走在我的前头，真可谓仪态万方。她高挑个头，腰细腿长，翘翘的腚臀，而且还留着披肩长发，而且披肩长发在太阳下还会闪闪发光。我相信我是嗅到了她身上散发出来的阵阵醉人的芬芳，不然我不会一下子怦然心动，像被一颗子弹叭地射中了一样。

白医生是卫生院的妇产科医生，她走路时咋就左一跩右一跩，只有两瓣屁股摆动而细腰却能稳立钓鱼台呢，像是屁股和腰没连在一起，根本就是两码事。我当时不知道还有模特儿猫步这一说，相信白医生也不会知道，那么她的气象万千的莲步轻移只能是天生的了，而不可能是训练的结果。

要是白医生不在我干咳一声后回过头来的话，那么她在我心目中的形象基本上是完美的。要是我就此远离此地，指不定她要在我年轻的梦里跩来跩去跩来跩去不知多少回呢。可是她扭过头来啦！我又一次怦然心动——老实说，我吓了一大跳，差点没有大"啊"一声背过气去。

一张女人的脸怎么能这么个长法呢！那还叫脸吗？——中部很凹，差不多凹得要贴住枕骨了；颌骨却自顾自朝前去，以致连嘴唇都有点撵不上牙齿的脚步；牙齿呢又黑又稀，像是不是骨头的，而是随便捡到了几粒煤核临时安上去的。还没说眼睛呢，小得即使是掰着眼皮，也塞不下一粒蚕豆；头发那么茂盛眉骨上却寸草不生，灰不溜秋的脸皮上长的雀斑倒不老少。

从此妇产科让我退避三舍，因为一看白医生，我就会一下子对天底下的所有女人丧失信心。我还害怕回忆我看见她面孔前后心境的剧烈改变，一瞬间美的全变成丑的，让我更觉得人生无常，纯粹是一出虚妄的演戏。

有一天深夜我的门却当当地叫起来，把我从一场噩梦中唤醒，我以为那些蛇贼心不死，商量好一起回来报复我了。我呼隆坐起来，并习惯性地从床头摸到了那根木棍——从前夜里起来方便时，为了赶开地板上的蛇，我必须用棍子嗒嗒嗒嗒敲上几分钟，才敢胆战心惊地去放羊出圈——让那些等急得哗啦啦乱嚷的东西纷纷蹿出身体。蛇是很恐怖棍子敲地的声音的。后来这习惯一时半刻也没改掉。我听见有人跟着门的叫唤声后头轻轻叫我："赵医生，赵医生……"

你猜对了，不错，正是那个美极丑极的白医生。她站在门外，还好，她手里的电筒电压不足，红不瞎瞎的，让我根本看不清她的面孔，实际上我不停地叮嘱自己别往她脸上瞅呢，可眼睛硬是不听话。我怕黑更半夜的一看那张脸，起一身鸡皮疙瘩后，我会一下子想起《聊斋》，那就坏了，我非忍不住拉长嗓门尖厉地"啊"一声不可，像刀子划开黑暗，能会不刺伤人家！

我忘了说了，在穿衣裳的时候，我拉了电灯开关，响是"咔嗒"响了一下，但电灯睡得太死，却一直没有睁开眼睛——又停他妈的电了，这个小镇，一天中有电的时间比停电的时间短上十六个小时，许多时候，我都差一点忘记还有电灯这一说，好像电灯不是一百多年前就被爱迪生发明出来了，而是十天前才刚刚试用，稀罕着呢！

"你看，深更半夜的，惊了你的觉。"她说。声音倒是挺柔和，充满了歉疚，听起来很顺耳。其实我正巴不得半夜里出一件什么事儿呢，要不待在这间屋子里，好像进了坟墓，指不定哪一天说憋死就憋死了。"没啥，没啥。"我说。要是站在我门口的不是白医生，而是一颗眦眦点着了引信的原子弹，那该有多好啊！

但是我身体的各部分都有点擅自为政，不听指挥啦。到处都在嗒嗒嗒地抖动，连牙巴骨子也跳起了动人的舞蹈。天是有点薄寒，尤其是深夜。持续了几天的暮秋的淫雨仍没有停歇的意思，沙沙沙沙劝说着树叶："落下去吧，落下去吧……"看样子，它们不把树上的叶片哄秃，是不会善罢甘休的。

"真冷，"白医生在手电筒衍射的昏光里，缩了缩身子，"你多加件衣裳。"

"不要紧，"我说，"我顶冻。去年冷水浴我还坚持到过了元旦呢。"可是我的胳膊、我的腿、我的前胸和后背，都气得指手画脚，我分明听它们纷纷说：你倒好，自己充英雄，让我们受罪！犯得着吗，她又不值得你去大献狗屁殷勤！

门外有一溜廊庑，要不然站在冷雨里谁能受得了！天漆黑漆黑，要不是不时传来各种深夜才明亮起来的声响：雨声、树叶的哑地声、阴险的风声……你还以为黑暗是一种没有缝隙的固体呢！我还听到了一种夜鸟持续不绝的哀苦的叫声，匆急、孤独、很无奈，就这样：不好，不好，不好……是一只离群南飞的孤雁吗？那它将怎样打发这一个黑暗而漫长的秋雨之夜呢——我还听见一种声音，时有时无，高一下低一下，痛楚而绝望，尽管很微弱，但不多几声就能把你的心打出一个又一个破洞。那是一个女人的苗壮号鸣，像是一根强劲的藤条被利斧一截一截地斩断一样。

"是个产妇，咋生也生不下来了，能使的法儿都使了，小孩就是不出来……没辙了，才叫你。"白医生走在我的前头，手电筒的聚光斑在雨水横流的甬路上跳荡，脚踩上去，啪叽啪叽发出脆响，像是踩碎了一地的鸟蛋，又像是不停地送给大地一个又一个响亮耳光。谁湿漉漉的手掌啪地拍在了我的脸上——鬼？我头发一乍，倒吸了一口凉气，可马上明白是一片苍老的白杨树叶最后一次跟我开凄惨的玩笑。我庆幸走在后头，看见的是白医生的背影，要是走在前头，我会害怕得更厉害，草木皆兵的。似乎她一直说个不停："……你……大学生……什么都中……"我随口"嗯"着，根本没在意听。我在意的是我的脚，这种滑不溜秋泥水横流的路我走不好，哪一步稍微扎不稳脚跟，保准"呼哂"一下，大地轻而易举就能使你竖着的身子变横，狼狈地躺倒。

这个小镇卫生院的院子实在是太大了，大得都有点邪乎，想想吧，大院里竟有一大片麦田，而且麦田里还有一处老坟苑呢，细数数，馒头般排放的坟头足足有十几个。就在前不久的上午，我亲眼看见一条蛇在路边蜿蜒，看见了我也不惊慌，而是就那么优哉游哉，慢斤斯两地拐进了那些老坟里。按说大院里见蛇也不是什么稀罕事儿，关键是这条蛇比手腕还粗，有红宝石一般的鳞片，映着正午的阳光烁烁泛亮。你看见那种流动的艳丽的红色筋肉一定会一跳一跳的。那多像一溜流淌的鲜血啊！红色的蛇是长得很慢的，这蛇到底有多大年纪了谁又能说得清！况且已是晚秋时节，那片田里的秋庄稼早收获走了，新播的冬麦刚拱出地皮青青翠翠的，几乎所有的冬眠动物都在地下闭上了眼睛等待来年，偏偏这条蛇仍然清醒着，还四处游逛呢，没有相当的年岁是不能抵御这份寒凉的。

据说这个大院是镇里某任头头儿脑子发热的产物，也许是他的一个梦，梦开的一个玩笑，梦醒之后他大笔一挥，就在镇外的旷野里圈下了这片地。他有这个权力。他要将医院、计划生育指导站、兽医站等等凡与人或畜健康沾边的机构全攒集一堆，要展示恢宏声势。大院里房屋建得没有任何规则，门诊、病房、办公室、家属院甚至还有简易制药厂（能够生产输液用的生理盐水，专供各大队卫生室使用，热原反应的发生率不低于三分之一），东一排西一溜，炮炸的一般零散，而且横七竖八有许多隔墙，自然就派生出更多的门洞与豁口。直到离开这座大院，我仍然弄不清哪儿去哪儿的走向，弄不清哪儿才是正路哪儿才是旁门左道，有时你要去一个地方，拐来拐去越拐越迷糊，弄不好你就又回到了来处。唉，真是门路越多越难走！

在那枚会跳动的光斑领导下，我终于走进病房区。我之所以这么明确方位是因为我借着反光看清了一道隔墙上的一处券门，说是券门实在是抬举了它，因为上头并没有拱顶，只是两侧的墙茬有要拱的意思，准确说这儿不过是处豁口而已。

那枚黄色的光斑跳着跳着突然不见了，好像它是只孵化的雏鸟，这会儿扎硬了翅膀一扑棱飞走了。我在轰然而至的黑暗中还没站稳，就听见一个声音在我的鼻子前头两厘米处溅散："你听，你听是啥响?"是白医生！我都闻见了她口腔里的气味，温暖潮湿，绵软悠长，也不特别的难闻。我想不起来什么时候曾经闻过这种气味，反正在秋天的雨夜，在深深的黑暗里这气味乍一闻也有点诱人的暖和成分呢！有了这点诱人的成分壮胆，一刹那间我也没再心惊肉跳的，否则我一惊跳，可不是玩儿的，肯定会栽个嘴啃泥。

除了刚才我提及的那些声音外，我没有听见其他异样的响动。白医生都没有揿亮手电筒，她怕吓着谁似的坚持让我听："听听，你再仔细听听！"为了不使我的耳朵误入歧途，她还抬手指了指我们跟前的一座房子。尽管是这么黑暗，映着天光，一个离你一两步远的人的举动还是影影绰绰能看到的。仿佛是为了应答她的手指，那房子的一扇窗户猛一反光，吱呀叫了一声。我们一下子愣住了，不过马上就明白了原来是一股乱窜的风在开玩笑，故意吹敞了半开的窗扇。有时雨夜的风也是挺好奇的。

那是内科医生夜班室，这一点我当然清楚，因为每隔几天我也得在那里头过一夜，不过我从来没听到过这种声响，一浪一浪，高一声低一声，怪撩人的，有时像疼得不行，有时像酸倒了牙咧着嘴一吸溜一吸溜，有时又像高压蒸汽消毒锅在呼呼放气……今天是郝医生的夜班，我都是叫他郝老师。郝老师个子不高，有一小半已经变白的胡楂总是保持在两毫米左右。见人好笑，他胡子变白可能与他的白牙好露出来有关，近朱者赤，近墨者黑，近牙者也白。这位正直的郝老师还好戴一顶军帽，好穿一双解放鞋，一看并不像医生，而更像是当了大队支书的残疾军人。但郝老师挺忠于职守的，你看这么个雨夜，并没有内科病人，他照样把值班室弄得噼里啪啦，像是正在抢救濒死者一样热闹。

我弄不清那是一种什么声音，我还以为是郝老师梦呓呢。我正想上前敲窗户（有时我不自觉手狂），白医生却拦住了我。她神秘兮兮地往我耳朵眼里吹气："是小蕾在叫你还听不出来吗？嘻嘻，他们在玩儿呢！"我的耳朵一热，我的耳朵闻出白医生嘴里的气息有些异味。

小蕾是大院里的一个护士，县城卫生学校毕业刚两年，个子也不高（这一点倒和大儿子已经当了兵的郝医生般配），腰很细，似乎一把手一掐就能对头；两条小辫也很细，两只眼睛也很细，一笑，眯在一起就找不见眼睛了，只能找见两条小缝，像是用锋利的手术刀片的尖端轻轻挑了一下一样。小蕾的头发眉毛都很黄很淡，脸上还有一层"蒙脸纱"，就是雀斑。她说话有点捏儿撇儿的，像是舌头长偏了一样，像是捏着鼻子在说话，可是一见病号她的舌头就变得又直又利，像把刀子，没了嗲声也没了嗲气，训斥得人家都云里雾里，一头露水，一时摸不清东西南北。她训人的时候胸脯挺得很高，两个山峦的峰巅一翘一翘，把朝前的下巴都撬得朝上了，撬得她嘴里还噗噗地吐恶气；她一定是把那些恶气当成了一群苍蝇，挥舞起那只不架腰的小手在嘴前扇来扇去不停地朝外赶。小蕾好打小报告，她和院长交好是公认的事实，至于和我们郝老师有一腿，直到这个深夜我才第一次听到。

你看，书上说的东西能全信吗？——我读了好些年医科学校，开了三十几门课程，把人体的正常和变异，条分缕析地，连一根汗毛也不放过都要用电子显微镜放大五十万倍去琢磨，可这浩如烟海的知识里，偏偏忽略了最关键的一点：连提都不提一句诞生生命的第一道程序，上胚胎学课时，我一直纳闷，精子在男人的睾丸里产生，怎么好好的硬是跑到了女人的子宫里了呢？我想问老师，又怕人笑话。后来还是一个同学向我神秘兮兮地解释，但也不清不白，让我觉得越说越糊涂，而且他自己也不一定真清楚。你不知道，那年代的大学生都虚荣得不得了，唯恐别人以为他懂得的事情少。直到这个深夜，在白医生的谆谆教诲下，我才只可意会不可言传地明白了一些事实，知道生命诞生的时候，男人和女人会沉浸在无限的欢愉之中，并发出一种可怕的、在黑夜里令人恐怖的声音。这声音明明是快乐的，听上去却充满痛苦，你说奇怪不奇怪。

医生值班室的窗旁，站着一株没有树干的黑黢黢的松树，看上去很像一位放哨的五大三粗的武士。就在这株树旁，昨天刚死过一个女子，三十多岁，喝干了一瓶白酒嫌不过瘾，又抽了半瓶"敌敌畏"。人们前呼后拥把她按在架子车厢里拉来医治，直接冲到了病房院里。我们来不及把她弄到抢救室——也弄不服她，再说那间美名为抢救室的屋子除了一张床和几只老鼠或蛇的洞眼外，空空如也——就在蒙蒙细雨的户外打响了战斗。那女人有点河东吼狮，又吵又骂，得了势还哇呜咬一口呢，几个小伙子都按不住。她拒绝接受任何治疗，连插进鼻孔洗胃的胃管，她都一把扯掉，扔出老远。但仅仅五分钟后，她就老实了，刚刚还在吐骂人话的嘴里，吐出了曼陀罗花朵一般的白沫——有机磷农药中毒的严重征象。又待了五分钟，她就连动也不动了，尽管我几乎是跪在地上，使出全身力气按摩她的胸脯，她的心脏也没承情，最终没再跳一下。人的生命就是这么脆弱，像来无影去无踪的风，说没有就没有了。

那个我还没见到的患者又叫了起来，声音愈加凄厉痛楚，像是一簇簇箭镞穿过重重雨线和黑暗密密织就的厚墙攒射了过来。我催促白医生快走，可她意犹未尽，仍那么兴致勃勃地倾听屋子里的动静，仿佛她把我从梦里拉出来，就为了叫我来欣赏这满室的断云零雨声。

对这次雨夜出诊，从一初开始我就心里直打鼓。我不相信凭我纸上谈兵学的那点妇产科知识，真能去治疗妇女们患的那些病症。比葫芦画瓢你也得有个葫芦吧，可我比的这个葫芦竟也是人家画到纸上的。就像哲学家柏拉图说过的那样：与真理隔了三层啊！可白医生却不管这些，她认的是大学生这个金招牌，仿佛你只要上了大学，除了不能去乱摸老天爷的腔外，这世上就没有你不能做的事情了。唉，有理说不清，谁叫你倒霉上了大学呢！

不过在白医生的不停鼓励下，我还真有点自我膨胀。我听见肚子里咕噜噜直响，我知道连肠子都像打气筒吹捧下的自行车轮胎，粗粗饱饱地胀了起来。我有点飘飘欲飞。一激动不打紧，脚下猛一趔滑，我差一点没去亲吻被这连阴的雨水浸泡得糜烂了的大地。白医生赶紧扶住了我，我一激灵，打了个寒噤。我挣脱白医生的好像是怀抱的地方还没有站稳，右前方一竖道窄窄长长的橙黄已经黏住了我的目光——那诱人的黄色就像是一注黏稠的小米粥在流淌。是的，那正是我们在这个漆黑得伸手不见五指的雨夜要去的目的地，是龟缩在大院一角的妇产科，是妇产科神秘的大门的缝隙。

在平时，妇产科病号并不多，可以说是少得可怜，像点炮一样，稀不楞腾地半天崩一个。妇女们害羞，得了病能凑合就凑合，别说让人去瞅去瞧去瞎盘问，连给人吞吞吐吐漏一句都要不好意思半天。至于生孩子，世世代代并没有你这个什么妇产科，人不是也没绝种吗，反倒越来越兴旺——村子里到处都有接生婆。就是没有接生婆，天经地义的事儿，谁还不会生个孩子！

妇产科就像它的名字那样具有秘密的意味，深藏在大院的角落里。走进那间屋子时，我遭遇了一桩小小的麻烦。我本来已经武装到牙齿的自信心，稀里哗啦，一下子弄了个落花流水，没了一点踪影。是白医生先推门进去的，我听见门吱呀召唤了我一声，而且有许多黄色的辉光纷纷拥出来笑脸相迎。我有点趾高气扬，大踏步迈进了这间屋子的门槛。我之所以说"大踏步"，是因为没有了那些烂泥捣乱，两只脚一下子松快了，光想把步子迈大一些。黄光又稠又浓，噎得我有点喘不过气来，看东西也昏昏蒙蒙的，不太清晰。这时我看见一个黑咕隆咚的东西向我撞来，我根本没反应过来，躲闪不及，胸脯已经被一些硬戳戳的枯枝般的爪子攫住，并且有一股强大的冲击的力量作用在了我的身体上，我一个趔趄，而且我惊得"啊"了一声。我想我这下是完了，一定是这间屋子里豢养着一种怪物。但后边有什么撑扶住了我，我没有跌倒。我一摸是门框。这时白医生的厉喝放飞："你干啥！你这死老婆子！"而且我看见那个像霉得发黑的秕玉米棒子一样的东西被扯离了我，是白医生在扯开她。是的，是个穿着一身黑粗布衣裳的老婆婆，头上还顶了一根黑头巾。脸又瘦又黑，穿的又是一双黑鞋，黑鞋里包裹着一双小脚，因为她走开时一歪一歪的，有着小脚女人特有的蹒跚步态。"他一个大男人，人家在生孩子……"黑婆婆嘴里不干不净地在辩解。

"人家是大学生，我顶着雨一脚泥一脚水好不容易请来的。你看你这是弄啥！"白医生生气啦，声音陡然提高，两只蚕豆眼像一下子到了裂荚时节。

"算啦算啦。"我打圆场。这时我的眼睛已经能在这昏昧的辉光里游刃有余，"反正她也不是故意的，不知不为罪。"我看清了躺在产床上的病人，看清了坐在病人头枕旁的另一个老婆婆。输液架上的吊瓶里，不时泛起欢快的气泡，好像有什么事儿值得它多高兴似的。

白医生走过来，关切地问："惊着你了吗?"她这种陡然变得柔和的声调真叫人受不了，像是有一只癞蛤蟆亲亲热热爬上了你的脚背一样。

"没事没事。"我说。我赶紧岔开话题，"静脉点滴的是哪些药?"

"催产素，"她扭过头去，茫然望着输液瓶，"其他啥也没加，只有 20 单位的催产素。"

桌子的一角站着半截白色的蜡烛，锥状的黄面孔扭来扭去，端详端详这，端详端详那，总也看不够似的。与外头相比，这儿简直明亮得不得了，一初进来我眼都给照花了。又明亮又温暖。只是应和着外面的奇奇怪怪的声响，屋子里的一切家什都在荡动，左摇右晃的，好像在躲闪蜡烛黄面孔的胡乱端详。

即使在这种简陋的条件下，照样有来苏尔好闻的气味在萦绕，对了，还有芳香的酒精，颇叫人沉醉，就像猛地走进了一大苑奇葩异卉里。每一次走进我就要赖以为命的医院的屋子，闻到这些熟悉的气味，我都有这种恍惚感觉。

那真是个漂亮的女孩子，虚岁才刚二十。我一看那张面孔，马上明白屋子里这么明亮，完全不单是蜡烛的功劳。仿佛有了这张面孔，屋子里丑陋与黑暗都给撵跑了，白医生和黑婆婆也变得美丽了，像沤糟的朽木爆出了一树干嫩绿的芽蕾。"医生是不兴笑话人的。"她仄歪着头望着我，眼光很复杂，有害羞、乞求、疑惑、绝望、无奈……"放心好了，"我说，"你放心好了！"

"你这么年纪轻轻的，真还能看病？"黑婆婆半信半疑地自言自语。她的声音嘶哑干燥，像是一大片干坷垃上撒满了蒺藜。

"别多嘴！"白医生嚷，"多嘴多舌的，你咋长这么大年纪啦！"

"梅花她娘，你就少说两句吧！"另一个老婆婆说话了，这是我进屋来她第一次说话。她对我笑笑，似乎觉得过意不去，又对我说："你别介意，她就这么个脾气，麦秸火性子。"她的声音很柔和，不显得苍老。她留着她这个年纪已不常见的齐耳短发，没有挽髻。好像没有白发，看上去并不老，最多不超过五十岁。她一说话就叫人觉得亲切，仿佛回到了家里。她又对我笑了笑。

是的，这个躺在产床上的姑娘叫梅花——让我们称她为姑娘吧，你要是忽略掉她胸部以下的部位，用"美丽"来形容她绝不过分。她的脸很瘦，但没有一点峻嶒的感觉，肤色因为贫血而略微有些苍白，红粉般的烛光一涂布，倒显出别样的妩媚。她的眼睛很大，深邃又清亮，仿佛你能缘着那目光望及她脑后的两条小辫。在阵痛的间隙，她一直在寻找我、张望我，试图从我脸上读出她命运的谶语。即使阵痛袭来时，她也不像一般产妇那样忘乎所以张牙舞爪的，她只是用双手攥紧被子，仿佛要把那绵软的被子攥成齑粉，额头上平起的涟漪渐渐扩散至整个面孔，终于变作惊涛骇浪——痛苦的嗥叫狂野地爆发出来了，一声接着一声，要不是亲眼看见，真让人难以置信这样浩大的声响竟出自这么孱弱瘦削的身躯里面。这有点像一个基本粒子质子击中了小小的原子核以致引发了裂变反应，一级一级，一不丁点的质量化作了强大的迭起的能量，让人始料未及。

我很快对梅花做了全面检查。但在她那山峦般隆起的腹部，我没有发现应该发现的洞藏的生命的动静：既没有胎动也没听到胎心音。我怀疑是听诊器的问题，因为白医生没有专门的胎心听诊器，甚至她对这个名词都有点茫然，我解释、比画了半天，她才在一个破纸箱子里翻腾出一个木制筒状的胎心听诊器，但至少在十年前，这个听诊器就开始不能传播胎儿的心声啦——因为木头早已被老鼠（我想应该是蛇，但木头并不是蛇的可口食品呀？）啃啮得千疮百孔，看上去倒不像个木筒，而更像是个木筛子。没辙，我只能用普通听诊器贴紧那座山包聆听另一个世界的声响，效果当然是不好，但再不好也应该若有若无缥缥缈缈地闻到些小小生命的鼓点呀！可是没有，什么也没有，另一个世界就像它本身那样黑暗、神秘，无声无息。

"你不用再听啦！"白医生暧昧地笑笑，斜乜着我说，"是死胎。"

"你怎么知道？"

"我当然知道。"她蛮有把握地说。

"不是没做超声波检查吗？"

"超个鬼！连电都没有还超谁家的声波！"

我有点迷惑不解。这时白医生又暧昧地笑了。我再一次觉出开放在白医生这具美丽形体之上的笑容之花并不显得特别可憎，倒还有那么一点可爱呢！她的笑显得有点扭捏、不好意思、谦虚，像一个热情但贫寒的农家妇女端出了一盘家常炒萝卜菜招待远客一样，惭愧又无奈。

"说出来你可别笑话，"白医生羞怯得像个少女，又睃了我一眼，"这是土法子，但屡试屡验，多少年了我们都是这样诊断死胎，从没出过差错。"

白医生噗地吹灭蜡烛，小小屋宇一下子和广大的黑暗融为一体，好像它从来没有从黑暗里分离出来过，从来没存在过一样。黑暗的倏然围合使我感到窒息。这时我听白医生说，看！赵医生你看！我什么也看不见，待到我的目光重新变作游鱼能在这无边的黑暗里慌不择路地逃窜时，一下子与两朵幽蓝的萤火不期而遇。

嗳，让我怎么给你说好呢，要不是亲眼见，打死我我也不敢相信。那两粒萤火甚是活泼，飞上舞下的，但总不离梅花的左右。一粒飞远一些，另一粒马上跟上去，分明是劝说阻止，然后两粒就又结伴飞了回来。那是一种很神奇的光，小指甲盖大小，既清亮又混浊，既明晰又黯淡，既轻盈又沉重，既热烈又冷静，既活泼又安恬……交织着世上的所有矛盾，又那么恰如其分地融合为一体。颜色的质地有点类似生鸡蛋黄或花蕊，能沉醉人的眼睛，使目光迷离发花。据白医生说，是她轻拍梅花的腹部拍出来的，但我没有看见它们逸出的详尽过程；不过在白医生轻轻地拍击响了两下后，我的确听见了两个老婆婆不约而同的惊呼："萤火虫，萤火虫……"接着那两粒叫萤火虫的萤火就撞住了我的目光，仿佛是她们叫了名字唤出来的。但那绝不是什么萤火虫，因为只有炎夏七月才有萤火虫起舞，现在已是十月底，而且是在屋肚里，而且萤火虫的光亮不可能这么硕大壮实，连这萤火的四分之一大都不可能……白医生黑洞洞的脸发出幽亮，白医生说，要是胎儿活着，他才不会放他的萤火虫飞出来呢！但要是死胎，不但萤火虫会飞出体外，而且外头还会有成群的萤火虫来接应，尤其是夜晚，下着雨的时候，"不信等会儿你瞧。"她信心十足地说。在说话的时候，她的手一直没停拍击梅花的腹部，大概只要不被严重骚扰，萤火虫一般是不会离家出走的，一有可能它们就要回归故园。这是一些喜欢安静的小东西。

"看！赵医生，看窗户！"白医生低低地惊呼。一时间我的目光不知所措，不知往哪儿去才合适，因为这时候梅花的阵痛突然爆发了，这一次来势更凶猛；而且我发现白医生端坐在那儿拍击梅花腹部的姿势很有气派，有点像面对作战沙盘指挥千军万马的将军。我呃怔过来的目光最后还是疾奔向窗户那儿——这里有必要先说说这间房子的窗户：这间房子有六扇窗户，每面墙上两扇，要不是有一侧的墙与另一些房屋毗邻，肯定也会开上两扇的。窗外即是大院的围墙，墙头豁豁牙牙的，根本挡不住人，三岁的小孩也能翻越。尽管窗户上都吊了窗帘，但镇上的男女老少隔不长短总要来一次，拼命往屋子里瞅，尤其是那些游手好闲的年轻人，恨不得把两只眼睛变成弹丸射进屋子里。一走进妇产科，给你的感觉是举目尽是窗户，而假若把所有的窗帘都卷起来，你就会又发现自己是置身一望无垠的旷野之中；据说这片野地是土改时期的刑场，有一回一次就枪毙了四十八个人——我看见从一扇窗户的窗缝里，有一只绿莹莹的萤火虫犹犹豫豫地飞了进来。它歇停了片刻，马上飞向了梅花跟前的另两位伙伴，三只萤火虫又跳又晃，亲热得不得了，像久别重逢的故友，我都有点听见它们的惊呼声、欢笑声了。伴随着梅花的长呼短唤，一只又一只萤火虫从所有的窗户里鱼贯进入屋子，那阵势，我真没法给你形容，好像窗外稠密的雨点全变作了萤火虫，一齐泻进了屋子里。屋里的每道夹缝、每处旮旯都被幽明照亮。我看着面前来来往往比夏日的蚊蚋还要密密麻麻的萤火虫，一时不知如何是好。但白医生，两位老婆婆，还有梅花，都是见怪不怪，处变不惊，该干啥干啥，好像闪烁在她们面前的并不是萤火，而还是蜡烛的昏光。

后来白医生停止了拍击，自然梅花的那两只萤火虫马上回了家，萤火虫群稍微愣了愣，接着呼地飞走了，像刮起了一阵风，你根本就弄不清它们是怎样飞逝的，快得就像停电时灭掉的霓虹灯。直到蜡烛的黄面孔重新在桌角扭来扭去，嘲弄地望我时，我的头才会在脖子上转动，好像刚刚从一场噩梦中醒来。

随着萤火虫的离去，梅花的阵痛也接近了尾声。她一定是疲乏极了，最后一声呻吟刚刚中断，马上头一歪别，眯缝着眼睡着了，连黑婆婆叫她她都不应。在非人的痛苦磨折下，梅花原先屈起来的两条腿伸直了，有一只脚还伸出了产床外——这时，我发现了令人不安的事实。

"她的脚有毛病吗？"我马上问黑婆婆。

"有，三岁那年——"黑婆婆正要往下说，梅花不耐烦地打断了她。梅花背过头去，无力地说："小儿麻痹症！"她并没有真睡着。

倒不是我多此一举，而是梅花的那只脚畸形得相当严重，脚板整个地朝内仄歪，走路时肯定得用一多半的脚背当脚底使用。她那条腿也明显地萎缩，比健康的那一侧细了不少。最关键的一点是，骨盆也会跟着变形，而变了形的骨盆出口会变得狭窄，根本通不过胎儿的头颅。

我问白医生："有骨盆测量器吗？"我想赶紧测量出梅花的骨盆数据，因为吊瓶里加有催产素的液体正在一滴一滴流进她血管里，催促她的子宫收缩。假使骨盆出口压根儿不够，你再猛滴催产素，命令子宫强力收缩，那导致的结果只能是——子宫破裂。在这么一个扯淡的地方，一旦子宫破裂，只有死路一条。

"骨盆……测量器……"那张凹斗脸的某些部位鼓出了疙瘩。

"就是……"我比画着，"铁的，有两只长长的腿，像个大圆规。"

"圆规……"白医生梦呓般地重复着"圆规""大圆规"，后来猛地兴奋了起来，"有，有，我记着呢！"

我们搬开屋角上堆放着的几只尿黄色的破纸箱子，纸箱上沉睡了多少年的灰尘有二指那么厚，被我们惊醒，激动得不知如何是好，乱飞一气，直往鼻孔里钻。我真怕纸箱里会一昂头钻出来几条蛇。万幸万幸，蛇倒没见着，后来白医生的手里倒真的攥了支骨盆测量器。

那支骨盆测量器锈迹斑斑，面目全非。还好，我往地板上使劲磕打了一阵，锈死的轴承部位慢慢理会了我的意思，稍稍活动开了些。而且两只腿能叉开一定的角度，足够测量梅花的骨盆用。而且上面的刻度，也没有因为年深月久而变短或变长，该多少还是多少，这一点让人很觉得侥幸。

对这些不常用的数据我记得不死，后来我还是让白医生在她那藏满了杂七杂八什物的抽屉里翻找出了一本《妇产科学》，是赤脚医生教材，薄薄的一本，没皮没脸的，又皱又黄，像是一叠经年的枯叶。不过我们就着烛光，还是查找到了被时光之水漫漶得有点模糊的数字。不管什么时候，人类的一些解剖学数据一般是不会改变的。就是说，这破破烂烂的书提供的数字还是相当可靠的。

我们得出了我们最不想得出的结论：梅花的骨盆严重畸形，骨性出口根本不允许胎儿通过——不管是死胎还是活胎。

我毕竟是科班出身，处理病人上还算训练有素，在发现梅花下肢畸形的当儿，我已经把输液器调节到最慢滴注速度，这会儿我没发吃怔，伸手拔掉了输液针头。

怎么办？20国际单位的催产素并不是个小剂量，现在它正在梅花的身体内胡作非为，子宫随时都有破裂的可能，在生与死之间，梅花是一脚门里，一脚门外。我倒宁愿相信那确是一个死胎，这样事情似乎不至于太麻烦，相对简单了一些。当务之急是得赶紧把胎儿取出来，要是死胎，是可以作宫内碎尸术的。这不是太复杂的手术，万不得已的情况下也许我可以尝试尝试。但要是胎儿活着就只能做剖腹产术，那我就无能为力了。

当又一次阵痛来临时，我使了个眼色，把白医生和梅花的娘——那个黑婆婆叫出了门外。乍一出来，冷风一下子围了上来，我打了个寒噤。这会儿我顾不了那么多，既没想早年那些被枪毙掉的人也没想刚才还光临的萤火虫，甚至都没朝凄风苦雨覆盖着的旷野张望一眼。我简明扼要地向黑婆婆说了梅花的病情，我劝她们赶紧转院。

"这么说你们真没点子使啦？"黑婆婆的话语比冷风还冷，里头夹杂着不满意的雨点。

"这儿要啥没啥的，条件实在是太简陋了，"我说，"我们……真的……无能为力。"

"无路归一？"她的耳朵肯定有点聋，我吐字很清楚的话她竟听岔了音，"你是说叫俺闺女要去找地蝼蟈说话？"

梅花的疼痛达到了高峰，像峭壁一般陡立起来，吓得一群烛光纷纷逃出来。我能看见黑婆婆两手架在了腰上，身子朝我挺了挺，一副要吵架的架势："还大学生呢，你啥屌大学生，连个小孩都不会拾……黑更半夜的你叫我们往哪儿去！"（当地称接生为"拾小孩"。）

"你这老婆子说话咋像吃了枪药，"白医生根本没想她会是谋害梅花的凶手，我暂时又不好向她说明，所以她的话一点也不里虚，倒是还有点实火，"给你治病治出罪来了，好心当作驴肝肺！"

"不好，不好，不好……"那只迷途的鸟仍然没飞走，仍在这一带夜空里转圈，它的呼唤充满了哀伤和绝望。我突然觉得很恐怖，在这么一个雨夜和两个巫婆样的女人待在这么一处鬼火出没的旷野上，耳畔里又高一声低一声地疯长着哀苦的声响……鸡皮疙瘩像风一样掠过我的半边身子，汗毛一根根全站了起来。

"你女婿钻哪国里啦？女人生孩子他怎么没影！"白医生没好气地问。

白医生提了引子，给黑婆婆找到了发泄怨怼的对象，她开始提着名字大骂梅花的男人。

"梅花家娘，你歇着点骂，别累着了……折腾快一夜啦！"不知什么时候，梅花的婆婆，就是那个留短发的大妈——让我们叫她大妈吧——站在了我们身后，"要是能骂好梅花的病，那我也帮着你骂……不是啥用也不起嘛！还不如留四两力气，咱计谋个出路。"

"白医生，赵医生，"大妈转过身来，"你们再桌椅桌椅，看能不能想个办法，转院也实在作难，要人没人要钱没钱的，梅花有个三长两短的，俺娃儿回来我咋交掉差哩。"原来大妈的儿子做了个小生意，出远门了，计划着早该回来了，不知什么缘故，却一直没有到家。"一定是雨天路难走，隔外头啦！"大妈竭力往好处想，声音里却满是忧虑。

"白医生，赵医生，权当行个好帮帮忙吧，死马当活马医，治好治歹我们不抱怨——是吧梅花家娘，我们不抱怨。"大妈几乎是在哀求。

小镇离县城有四十公里，其间要走十几公里的土路才接上柏油路，在这么个遍地泥泞的雨夜，让两个年老力衰的老太婆带着一个危在旦夕的孕妇去赶这么远的路程，也实在不近情理。"咱们这儿做过妇产科手术吗？"我问白医生。

"做过，"白医生答，"我记得是做过一次，七三年，县里来的下乡医疗队。可后来没有做成。啥都准备好了没有做成，可能是病人死了吧！"

我可不关心什么做成没做成，死人不死人的，我想的是只要做过手术，就会有手术器械。这样我们就有可能挽救梅花。

于是我们又开始翻腾房子一角的那些破纸箱子，这些多少年就没人过问过的纸箱子这一夜倒是风光无限，一只只高兴得一时不知自己是老几。翻腾的结果是出人意料的：在一只印有"把医疗卫生工作的重点放到农村去"语录的人造革小箱子里，我们看见了琳琅满目的妇科手术器械，应有尽有，连不常用的线锯都齐备，而且因为上了石蜡油的缘故，没有生锈，止血钳和剪刀，开合自如，灵活得就像芭蕾舞演员的腿和腰。一时间我真有点欣喜若狂。

我拿着白医生那只电池差不多快耗尽的手电筒，唰唰唰唰飞快地小跑回我住的那间多蛇的老屋，这一次我既没感到滑脚的泥泞，也没在意那些落叶、雨水和奇奇怪怪的声响。我找到了那本比砖头还厚的《妇产科学》——我的课本，那后头附有手术图谱。我要现炒现卖，看着图谱给梅花做手术。

从那只有着溅血般红字的人造革箱里，我挑选出了要用的器械，洗净擦干，然后点燃酒精，让它们一一走过蓝色的火焰——这是紧急情形下最有效的消毒办法。

但这张产床实在让人不敢恭维，像是用一些叉叉八八的沤糟的柴火棍子凑合起来的。我真怕一不小心不知怎么一碰，它会稀里哗啦零散一地地要赖皮。时间的虫子把它蚀嚙得千疮百孔，还拉出层层叠叠的赭红的虫屎。只有这些红色的虫屎似乎在申诉，它不是柴火棍子，而确是生铁——许许多多金属中最常见的一种。

在我们东拼西凑忙上忙下时，梅花一从阵痛里脱身，就睁大眼睛茫然地瞅我们，那神情，多像一个临刑的小女孩，望着人们为她张罗绞架，不明白到底发生了什么事。

"是我好不了了吗？"刚才我一进屋，梅花就这样问我，那双清亮的大眼睛在昏暗中幽闪闪的，潜满繁星般的疑问。

"又不是什么大不了的病，生孩子……怎么会好不了。"我说。

"赵医生，要是好不了，你对我说，呵？"她努力想把眼里的疑问变作信任，但是没有成功。

"梅花，傻孩子，别胡思八想的了，你没看赵医生正为你忙吗——要是好不了那还忙个啥！"大妈说。

"你放心好了，你放心好了。"我想找到最能使她放心的话来安慰她，我明白这个时候病人的情绪至关重要，直接决定治疗的成败，但我当时会说的却只有这么一句。

"刚才你们在门口说话……我听见啦。"梅花说。

"你听见什么啦？"大妈嗔怪道，接着马上又凑近梅花的耳朵低声说，"你是说转院的事吧？那是你娘要难为我，转院转院的，黑灯瞎火的，又不是什么大不了的病，我没叫转。"

"娘，咱不转，咱就在这儿治。"这一回梅花信服了。她闭上眼睛，眉头微蹙，静等着下一次阵痛的蹂躏。

我仍对萤火虫验证死胎一说不置可否。我没有理会白医生的劝阻，最后一次给梅花做了检查。我想尽一切可能的办法，还是没捕捉到梅花身体内另一个生命的律动。我想方设法让自己相信确是死胎，这样能使我的心理轻松一些，不那么紧张。我可不想当一个杀人犯，无论理由多么冠冕堂皇，杀人者沾满鲜血的双手总是淋漓着罪恶。

在手术开始之前，我还招来了小蕾。因为为了配合手术，我必须派遣许多种药物开进梅花的身体，而小蕾是扎静脉注射的护士。是我去叫的小蕾。护士夜班休息室和医生是挨着的，我使劲敲这个门，却对着另一扇门说话："小蕾，小蕾……"

"谁呀？"另一间屋子里终于响起了男人的声音。我自报家门，并说明了原委。我听见郝医生打了个很响亮的哈欠——他是正处于高峰过后的低谷，肯定很疲累，这么个年纪是经不住怎么折腾的，这当儿叫醒他是有点不是时候。"啊，"他说，"小蕾呀，"他说，"她回去喝开水啦！"他和惺忪顽强地作战，终于清醒了一些，但编圈捏弯的本领实在谈不上高明。这么个潮湿的雨夜，不得糖尿病，我不相信谁会口渴。郝医生让我先回去，"你前脚走她后脚就到啦！"

果然小蕾很快就到了，她脖子上驮的那个头上乱云飞渡，每一点雀斑都洇染着潮红，眼珠里一闪一闪的快活光芒还没有熄灭。小蕾是个扎静脉的能手，她搓了搓梅花的胳膊，又轻轻拍两下，连手电都不照，噌地一别，一股殷红的血液已经回流进透明的输液管里。

一时间屋子里灯火通明，好像我们不是要肢解一个未见天日的胎儿，而是在庆贺谁的生日。桌子上站了四根蜡烛，连瘦条条的铁杆输液架都颤巍巍地举了一根蜡烛，她们甚至烤融蜡烛的半边身子，焊接在离我最近的墙壁上。白医生不知从哪儿找来了装着新电池的手电筒，一照，连黏膜上腾起的丝丝缕缕的热气都清晰可辨。其实这一切对我都无关紧要，自从我手里的长颈卵圆钳咬着线锯潜入梅花的身体后，我就成了盲者聋者。我身体里的所有感觉都跑到了手指上，连脑子里的思想也跑去看热闹。我的手指既能听见看见也能思考判断，假使这时我失去了手指，我这具躯体就会变成植物人——活着的木乃伊，不再有任何感知的能力。

手术进行得比想象的顺利得多，我几乎没费什么周折，一下子就找到了胎头。我能感到它像一只巨大的恐龙蛋，在漫无边际的混沌昏冥里，被什么拨弄着滚来滚去。不，那个"什么"分明是我手里的卵圆钳。我缘着那椭圆的球面向一极缓缓滑动……球面变成了一溜山脊——是脖颈，正是我下手的预谋部位！我轻轻拉动了线锯，嗤，嗤，嗤……声响在梅花的身体里，在我的身体里，在整个屋子里回荡，就像一群瞎眼的夜蝙蝠。屋子里确实很静，静得谁放个屁都能震得烛焰发抖。两个老婆婆和白医生像被施了定身法，凝固在黄汤橙汁里，让人疑惑等不到天亮她们就会变成琥珀。柔嫩的筋肉和骨头在我的手下碎裂、分离，它们甚至没有硬度，像是还没绽开的苞房里的花瓣，根本不需要这么大动干戈，还用什么特制的金属线锯，要是用一根女人的长发，只要部位准确，我不相信会解决不了问题。

想指望白医生帮忙是没门儿，她不帮倒忙我就谢天谢地了。我示意她站远点。我怕她毛手毛脚乱摸一气，混淆了有菌和无菌的区域。梅花配合得很默契，她甚至都没有"哎哟"一声，也许和阵痛比起来，手术的疼痛根本不值一提。嗯，任何地方都没出偏差，连阵痛都被惊得有点不敢前来扰乱了——直到我锯断脖颈，又开始锯解头颅的此时，还没有和阵痛指使的强烈的宫缩打个照面。宫体一旦缩紧，我的工作当然要受到影响。

胎儿的颅骨有点像松脆的牛皮纸，脑髓更是不堪一击，好像线锯并没有挨着它们，而是它们自己闻风而碎，自己裂解了开来……嘶，嘶，声响越来越小，直至落空——大功告成！我松了口气，活动了一下头颅和脖颈，就像一个刚抡过鬼头刀的刽子手，看着惊讶的围观人群面露得意的微笑。

这时呓怔过来的阵痛汹涌而至，随着梅花的一声胜利的号叫，子宫握紧了拳头，一个没有头的孩子从梅花的身体里呼啸而下，像一块天外飞来的陨石。他脖颈上的断茬就像咧开的大嘴，在诉说着无言的仇恨和愤怒。

我的小田鼠

日子像一层层尘灰，掩埋了许多往事，但那只小田鼠，那只不大的小田鼠，却活跃在尘灰之上，从没有被埋没过。

那只小田鼠真的是太小了，身子缩成一团时，就像一枚法国梧桐的球果；冷风吹开它短短的细毛，吹出一朵朵细细小小的涡旋，它外层的毛色黄灰，而里层则有点发白。当握着它的小身子时，能觉出它身子里像是有一群蚂蚁在爬——它在颤抖。它实在是太害怕了。

但我们一点儿伤害它的心思也没有，相反，倒把它当成了宝贝。我激动得不得了，连个篮系子都不会解了，两手干舞扎就是干不了事儿，因为我的手和它小小的身子一样在不停地颤抖。我一看它那个惊乍模样就喜欢上它了。我已经决定要和它做朋友，像我曾经的那些麻雀朋友、蝈蝈朋友一样。

我是在一处被人刨过的土坑里看见它的，是人家刨田鼠窝挖豆子的一只土坑。每个田鼠窝里都有仓库，仓库里储存有满腾腾的金黄豆粒，是田鼠在整个庄稼季节为寒冷的冬天而苦心经营的。田鼠当然想不到正是这些严冬里的希望招致了灭顶之灾。小田鼠很可能是剿家之后的幸存者。它还太幼小，一下子失去亲人，有点不知所措，就那么瑟瑟抖动着，半个身子藏在残洞里，另半个身子暴露在坑底。

我还是个孩子，我急于想让人知道我的重大发现。我憋粗脖子大吵大嚷。呼啦一声，伙伴们包围了小小的土坑，一双双滴滴溜溜的眼睛盯住了小田鼠。于是它愈加害怕，不顾一切地一跃而起，像地底下有一只手，不经意地拿着它朝上一扔。刺溜一下，它已经从一双双腿脚组成的栅栏里蹿了出去。它跑起来真是太快了，有点让人意想不到，看上去像是根本没挨着地面，出出出出，就像一粒弹子疾射在一块绿玻璃板上。真有点难为它那四条嫩红嫩红的小爪子了，假如我们是一两个人，能否逮住它是个问号；但我们是一大群，足足有十几个人，它纵是插上翅膀也不一定能飞脱。我们呼呼哧哧，大呼小叫围追堵截。小田鼠最终严严实实被盖在了我的翻转的鞋窝里。我一只手按着它，又怕它再跑掉又怕按痛了它；夜色倏地笼罩了我，头顶上布满一颗颗光灿灿的星星——伙伴们伸着头，一张张小脸蛋层层叠叠遮覆了我，光亮被阻挡，像是夜晚降临，只有眼睛烁动。赤着一只脚的我一点一点移开鞋帮，还好，小田鼠已经丧失希望，缩在那里咻咻地喘着气，一副听天由命的无奈模样。

此时的我至多也不过是七八岁，和伙伴们正在捡拾红薯皮。有一个女老师领着我们，说是勤工俭学。红薯皮是晒制红薯干时落在麦田里的，都才硬币大小，晒干后又是泥土的颜色，除了我们这些以眼尖著称的小孩子外，大人们很难辨别。但在一个粮食匮乏的年代，人们饿得有点发花的双眼看好些东西都不甚清晰，唯有这吃件物，是毫不含糊的，再粗心的人也不会随便就把能填饱肚子的红薯皮遗留在野地里；所以我们大多歉收，篮子里空荡荡的。但女老师的脾气很好，我们都愿意跟着她在田野里逛逛。况且又是初冬，麦田浓密出碧翠，一望无际。此时的麦苗都才二指多高，有种"远看草色近却无"的新春感受，应该说是家乡最美的时节，甚至比真正的春天还要美妙。

　　这一下我可找着事儿干了，在伙伴们的帮助下，好不容易我才解开竹篮臂上的篮系子，是一截麻绳，又手忙脚乱好不容易才拴住小田鼠的后腿。我把小田鼠吊在篮臂上，让它刚及未及篮底，上不着天下不着地，这样它就不至于乱蹿乱跳——说不准还会照着谁的手背哇呜咬一口呢，我吃过这样的亏，不止一次被蝈蝈咬过手指被护窝的喜鹊啄过头皮。此后一整个下午我的心就和这只小田鼠一同悬系在那截细麻绳上，一会儿怕勒痛了它，一会儿又怕绳子松了它会哧溜逃掉，反正是再也没有拾到一片红薯皮。

　　冬天里天短，等到我们返回小学校（其实只是生产队里的两间闲屋），等到放学我提着篮子小心翼翼回到家里，夜色已经降临。站在我家的小土院里，我茫然起来，不知道该怎样安置这只小田鼠。我不知道把它养在什么地方合适，因为以前养的都是蝈蝈啦小鸟啦什么的，还从来没有养过田鼠，似乎也没见别人养过。我不想向大人们求教，因为我清楚在这些事情上大人的知识通常少得可怜，并不比我们孩子多，而且还总是横加干涉；我甚至都不想让他们扫信我要养小田鼠，我想秘密地做我的事情。

在院子里站了一刻，很快我就有了办法——田鼠的洞不都是打在土里吗，土里才是它的家，在土里它才能安心，也才能听从我的调养。我把它拴牢在树上，就像拴一条狗那样，然后，我在树根旁挖一个洞，让它藏卧里头，让它把洞当成它的家，喂食的时候我站在洞前唤一声，唻唻——不，不能用唤狗的方法唤小田鼠，我要想出一种新的唤法！养上半个月我就能养熟，因为我疼它，而所有小动物都是通人性的，这样我就能牵它出去——牵一只小鼠遛遛，多么神气！我还可以撒开它，撒开它也不会跑掉的，就像我曾经喂熟的那些小雀一样。（有一只小雀我从刚出壳的光屁股喂起，喂得它能绕着我的头顶飞，能一飞飞走一天，晚上又千里迢迢地飞回笼里来。但那只小雀后来还是死了，夜里笼门没关严，黄鼠狼趁机下了毒手，迄今想起来我心里仍是一片黯然，因为是我临睡前一时疏忽，没关严笼门。）当你在田野里逛逛时，一只小田鼠兴冲冲地给你领路，服服帖帖地听从着你的使唤……我的天，那该是一种什么样舒坦的感觉呀！

说干就干，我握着铁锹，马上在院角落里的一株椿树旁挖了起来。那株树不算太粗，能很容易地把绳子拴上去，树旁的地面也高，干干爽爽的，一定是小田鼠喜欢待的地方。我干得满头大汗。我把土块揉得膨膨松松的，就像被子一样柔软舒服，然后我"请君入瓮"——把小田鼠放进了里头。我把细碎松软的土粒一层层撒在小田鼠的身上，小田鼠喜欢土，是土里长的物件，不会压着它的。不过我还是有点担心，我怕它吃不消，会感到憋闷，因为这毕竟不是它的家，不是它那与外头畅通的弯弯曲曲的洞道。不过很快我就打消了这种顾虑，因为站在椿树前待了好一会儿好一会儿之后我再从土里拽出小田鼠，它仍是机灵灵的，活蹦乱跳，一点儿也不蔫头蔫脑。我知道它挺喜欢这个新家，这里挺合适它的。于是我就放心了，放心地把绳子拴在了树根上。

第二天早晨一睁开眼睛，头一件事情就是小田鼠。我从床上一跃而起，直奔院角落里的椿树。但是——但是拴在椿树上的麻绳犹在，可小田鼠却不知了去向！我怀疑它是藏在土坑底，可一把一把清空土坑，连一根鼠毛也没有找到；也不可能是猫请走了小田鼠，因为我们家没养猫，当时村子里的猫也是有数的几只，从没见光顾过我们的小院。最后我才相信小田鼠是咬断绳子跑掉了，催开我绚烂的想象之花的我的小田鼠真的跑掉了。我拉着那根残绳，有种被遗弃的感觉，心里空落落的，突然间想哭。

但小田鼠已经搅住了我的心，我为小田鼠牵肠挂肚。小田鼠跑了，它能重新跑回它的田野吗？村子太大了，我家又在村子的中央，离田野太远，中间隔着无数的房屋，还有两三口大池塘，还有村子周围的一圈护村沟，宽得就像河流……我为我的小田鼠无限担心。我怕它溺水，怕它被村子里的老鼠围攻（田鼠和老鼠不是一类，田鼠的尾巴短，脊梁上有一条墨线，显得干干净净利利落落的，一点儿也不脏），怕它山高水长，又不能明着行路，压根儿就摸不到田野里去……又想起小田鼠小小年纪就家遭浩劫，没人疼没人爱地成了孤儿，现在又要自个儿东撞西突，在村子里流浪。不止一次，我为我的小田鼠伤心，悄悄地流泪。

后来只要见一只田鼠，我总是怀疑是我的那只小田鼠。我算着它早该长大了（假如它没遭什么意外，能够长大的话），但我没有它的记号，无法把它从众多田鼠中区分出来。我使劲地想，把脑袋想痛，试图想出我的小田鼠的特征，试图一下子认出它来，让我也让它自己一阵惊喜。但我一次次失望了，我深深地后悔当初没有用心把它看清，没有记住它……

直至今日，当那些生活中不多的快乐像花朵一样在某一天悄然开放时，那一天的夜里，我一定会梦见我的小田鼠：它被从大地深处扔出来，经过短暂的飞翔又摔落在大地上；还没来得及从伤痛里苏醒，危险已经先期降临，于是它紧张得浑身发抖左冲右突，疲于奔命……可在它的小小身体之下，生机勃勃的大地是那样无垠地碧绿，绿得让人望一眼顿生还不过气来之感！

凉爽的火焰

一

　　就像野兔和家兔不可同日而语一样，野地里的火焰和灶膛里的火焰当然是泾渭分明——它看上去更疯狂强劲，一味地往上蹿（可能是它一仰脸就能瞅见天空的缘故），有时把自己的身子都拉断了，它也不管不顾；当然，它不可能拉断自己的身子，因为我们在它柔软的身子的中断处伸进一团干草时，那团草马上会沾满它的影子，如果不及时扔开，那些扬扬得意的火苗头一扭就能舔得我们的小手生痛生痛。野火只是把自己藏在了日光里头，巧妙地躲开了你的眼睛。野火最精通这种藏身术。平素它们则藏在路边的草丛里，枯落的树叶里，满地的庄稼里……无处不在，我怀疑它们就在大地深处，在土壤的缝隙中，甚至土壤本身，说不定就能化作丛丛火焰。我还觉得火焰不一定都是热的，不一定都能烫痛你的皮肤，咬伤你的手指，一定有另外的火焰存在，它们从大地深处滋生出来，比如清晨的蔚蓝的雾、莫名其妙的风、虫子铺天盖地的吟唱、人的思想还有人本身……这一切都是火焰，是火焰的另一种存在形式。所以我坚信火焰有时是凉的，像秋天里的露水一样凉得彻骨。

是的，我太喜欢田野了，我甚至有这样的感觉：我人生的整个最初时期都浸泡在田野里，春夏秋冬日日夜夜都没离开过，我甚至都有点记不清我住过的屋子的模样了，我甚至都怀疑我住没住过屋子，有没有过家。许多时候，我觉得我是一棵庄稼，在微风里摇摆；我能听懂另外的庄稼的话语，我知道风为什么哭泣，我熟悉星光和月光，还有深深怀抱着泉水的大地……

在秋天的田间小径上，打着割草的幌子，我们一群孩子成天晃过来晃过去。青草遍地，胳膊上的草篮子很容易就能满足，供你玩耍的时间就像这遍地青草一样富裕。只要不是有毛病的孩子，我相信他们在这样的时候不会想不到火。我说不出为什么，但我还没见过不喜欢玩火的孩子。火焰，灵巧又神奇的火焰，充满危险总是被大人们告诫要远远躲开的火焰，总那么紧地攥住孩子们的小小的怦怦乱跳的心。我们的小口袋里差不多都有一小盒火柴，就是在火柴紧缺要凭票供应的年月，我们似乎也没缺过一摇就哗啦啦发出悦耳的嚣叫声四四方方的小小的火柴盒。

我们口袋里的火柴盒早已等急，它们在整个夏天里还没有正儿八经尽兴过一次，它们一次次从口袋里探头出来，察看庄稼们的动静：豆荚胀起来了吗？玉米的缨须是否已经枯萎？……它们离唤出沉睡在满地庄稼中的火焰的日子还有多久？自从大豆田里开始凋落金黄的叶片，我们就掰着手指头数日子，替满肚子都是抱怨声窝着满肚子火焰的小小火柴盒着急。我知道火柴盒在说什么：它说它都有点等不及了，它是否能等到刺啦一声就能唤出野地里的大火的那一天？

这一天终于来临。这是个阴天，是个星期天。我们几个人聚结在了"北地"里（在我们的村庄，所有的田地都有名字，诸如"老木桥""老高坟""南塘""西南洼"之类），这儿离村庄很远，有一里多地，但中间没有大庄稼地隔开，只有平展展刚及我们腰际的大豆田，撩一眼就能望见村子，甚至能看清谁家的后墙上用白石灰刷出的口号字迹："农业学大寨"。假如我们聚出一垄篝火，会不会被人发现？这个问题我们只嘀咕了几声，根本就没当回事，火焰，野地里的火焰很快抓住了我们的狂跳不已的心。在我们犯嘀咕的同时，有两个伙伴已经收拢了一堆新近凋落尚未干透的枯豆叶，另一个伙伴扒开扯扯连连的大豆棵，薅来了一大掐子长得稍稍饱满些的大豆，接着我口袋里的火柴盒也理所当然跳进了手中，二话没说刺啦就喷出了一小团红头发，不，是火焰，她就像一株娇嫩的红色植物被两手捧捂着移植进了松软的一堆干豆叶之中，于是碧绿的野地里就飘荡起了一道蓝色的烟柱，起初是向上，后来在高处微微斜了身子，朝着村子的方向义无反顾流淌而去，而且越淌越宽，像半天空里铺扇开的一道蓝色河流。

野火唻使青绿的大豆棵子发出吱吱的叫声，并且完全改变了田野的形状：透过火焰上头的热气流，能看见所有的庄稼都从大地上飘起，跃跃欲试张牙舞爪，或者说大地本身在飘起，像要与它下头的更深的大地分离。刚才还碧绿湿润的大豆棵子上的叶片在火焰的鼓动下滋滋呻吟了几声，摇身变作黑色的蝶群，四处旋舞，马上又变作灰烬坠落——只要能这么风光一回，变作灰烬也值！我们满怀期望，眼睁睁瞅着瘪瘪的绿色豆荚慢慢黑暗，慢慢黑暗……火焰被大地吸走了，我们马上一哄而上去摘吃那些豆荚，令人失望的是，豆荚里没有豆粒，只有一小兜绿皮囊括着的清水。大豆还没有来得及饱满，我们实在是有点太急躁了。除了脸颊上的几道黑印外，可以说我们是肚皮空空一无所获。

二

这是个晚秋的下午，天气实在是太好了，明净的蓝天加上明净的阳光，使这个下午从而有充足的理由在我记忆里明亮了好几十年，看样子还会一直明亮下去。我盘腿坐在操场里，我的前前后后左左右右坐着一大片和我一样的孩子。他们一个个都和我一样破衣烂衫的——用"破衣烂衫"这个词非常准确，一点儿也不过分。尽管学校一再强调不能穿拖鞋不能穿背心上学，但在整个热天里（请注意"热天"这个词儿），我们还是穿着自制的拖鞋（类近长方形的薄木板上钉一绺从报废的柴油机传送带上剪下的帆布条）当然还有被汗水蚀出像麻蜂窠一样的洞洞的不知穿了多少年的背心在学校里招摇过市，那个整天沉着一张黑脸的校长也说不出什么来，因为他不能给我们发衣裳穿，而我们又没有其他的能更多地遮盖我们瘦骨嶙嶙营养不良身体的衣裳可穿，那就只有睁一只眼闭一只眼。校长的眼睛是藏在玻璃片之后的，平时有点看不太清楚。看不太清的原因我想是不敢看，一看见校长孩子们大多做老鼠遇猫状，缩头缩尾但机机灵灵马上开溜，似乎还没谁敢去盯着他镜片后头的那双不大的眼睛仔细地去看看。但此时，他站在我们前头不远处，在一大片圆圆的头颅（就像是什么会在风里摇动的丰硕果实）之上，他的那双小眼睛从镜片上缘骨骨碌碌跳荡暴露无遗，我们真有点拿不准它们会不会径直旋转出来，在操场上空像两颗多事的黑色弹子那样飞舞。事实上这时候谁也不可能去注意他这双眼睛，所有人的注意力都被他眼睛下头的那张开开合合的嘴巴噙住了。在早已失去了锋芒的秋天的柔和阳光里，校长站在那儿讲话，但两只手像两只听话的优秀癞蛤蟆温文尔雅地趴附在肚皮上，没有配合着嘴巴去做手势（而此刻待在他身后伺机而动的那个大队秘书嘴巴一不老实两只手马上跟着张牙舞爪）。校长一句话说完的时候，短下巴总是向前努一下。他就这样下巴往前一努一努鸡零狗杂出一大堆声响，但我只听清一句：挖过社会主义墙脚的人站出来，站到台上来！尔后怕我们人小贼大装蒜，他又循循善诱历数了哪些是"社会主义墙脚"，怎么样才算"挖"。

我的头轰地一响——我挖没挖过这样的墙脚？尽管短下巴校长没有具体到（或者说根本没想到）"烧豆子"这样的事

情，但我仍得出了肯定的结论。毋庸置疑那是在"挖墙脚"，而且情形还相当恶劣，生产队的大豆连水仁还没有水仁呢，我却为了先饱口福对其大动干戈……我不知道另外几个同伙在怎么想，他们和我一样，也呆坐在这片操场上，有一个只和我隔了三个人，我一扭头就能看见他。但我没有扭头，我的眼睛直了，身子连动一动都没有。我的小小的心脏鼓槌乱擂，我听见它一下又一下咚咚地敲击着头顶。站出来，还是不站出来？站出来我将成为众目睽睽下的一个罪人（当时真的以为事情这么严重），被人不齿；而不站出来更可耻，我天性中没有说谎的习惯。我觉得是踩在了悬崖的边缘，小小的心灵备受抉择的煎熬。

这次学生大会相当正式，不但是所有的老师在场，而且大队革委会也派了人参加，那个一脸正经面貌威严的大队秘书就坐在校长身后的桌子后头，虎视眈眈地审视着会场。（想来可能是上级布置的一次活动。）平时我们也开会，可以说是天天开会，但那是例行集合，我们排队黑压压站着，连坐也不坐，随便听校长训一通话，很快就放羊解散。可这一次——我们一排一排都整整齐齐席地而坐，连教室里的课桌也被拉出来排队，临时拼凑成主席台，让高高在上的三四个人坐在它们后头；校长呢，仍然沿袭他平日训话时的习惯，不是坐在桌子后头，而是驴桩一样戳在了桌子前面，这样离我们更近，更有威慑的气势。

校长讲完了话，转身走到了桌子后头他的座位上，坐了下来，小眼睛里发射着铁光，盯盯这个，又盯盯那个。我的心猛地又沉了一次，我想起我还掐过生产队里的红薯秧，至少有半箩筐那么多，让家里的猪美餐一顿。那是去年秋天的事情。那些红薯秧太茂盛太鲜嫩了，万头攒动地密密匝匝从地面平堆而起，蓬蓬勃勃让人爱不释手。说实话我掐红薯秧时想的并不是家里的猪，我是把它当花儿采的……但那毕竟不是花儿，而是生产队里的庄稼！真是罪上加罪，不可饶恕。不能再等了，无论别的人怎么着，我是得站起来！我必须站出来！

我屈连双腿，右手掌点地，接着我的脑袋还有脑袋上开凿的眼睛就悬浮在了半空。我站了起来，但猛然莅临的高度让我眩晕——一下子起飞的头脑和目光仿佛不是我的，而是别人的，一个我极熟悉但却陌生的人的。那个人低着头，几乎是有点踉跄地走向主席台，他的目光和脑袋高高翱翔在一大片紧盯着他的目光和脑袋之上。像是走过了漫长的万里长征（当时这个词很时髦），他终于抵达主席台，而且转过身子，亮相，面对排满圆圆的头颅和头颅一侧贴挂着小小惊疑面孔的整个会场。他小身子里注满羞耻孤零零站在主席台前的方寸之地。他恨不得变成一只蚂蚁钻进随便一条地裂缝里逃逸，恨不得是蒸发中的水滴就地消失寂灭。

全场鸦雀无声，地球一下子停止了转动。但世界仅只是凝止了一瞬，接着奇迹开始发生：第二个孩子站了起来，第三第四第五个孩子同时站了起来……我没有灰飞烟灭，灰飞烟灭的是我的孤独。我吃惊地窥望（稍后才敢抬头看）着越来越多的孩子在站起来，在朝我走来。我的身旁排满了伙伴们——不但是一块儿玩火烧豆子的，还有许多外村的，低年级高年级的；不但有男生，女生也在不停地加入。我处身其间，渐渐产生一种安全、坚定而踏实的感觉。在随后走走过场的自我检讨中，我得知他们中有人也烧过青豆子、掐过红薯秧，有人扒过大田里尚未长成个儿的社会主义红薯，有人骑过勤工俭学的羊，甚至有几个人集体作案——一起去生产队打麦场里转了一圈，缓缓走出麦场时脚上的鞋子身怀十甲：每个人鞋壳篓里都灌满金黄的麦子……

我们面前的会场不再是会场，在进行着从一种物质变作另一种物质的化学反应，迅速还原为平时总是空无一人的操场的本来面目。我们一排排站立，面对疏朗的空阔，将瘪瘪的屁股和叛逆的背影献给校长和秘书大人们。最初的眩晕像燃烧初始的浓烟一样消散，经过惊惧、羞愧以及勇敢与欣慰的拂荡，我的目光如白热的焰心般纯粹，澄澈又明亮。

我们揣藏着危险的火焰诚实骄傲地站着，而不是被谎言安全地围裹卑琐地坐着。

——这是最值得我自豪的层层叠叠诸多少年往事之一种。

与水为善

　　那一年夏天一下连阴了三十几天，在三十几天里天天雨水涟涟，紧一阵慢一阵；天明接着天黑，耳朵里从来就没有断过雨声。我们潮湿的皮肤长出了白醭，在白醭的覆盖下做着关于阳光的梦。我们觉得这个暑假被淋漓的雨水溺毙，没有半点生机。我们蠢蠢欲动的小小活泼心灵对晴天已经绝望，已经做好了与满地烂泥共度余生的充分准备。恰恰在这个时候，天，放晴了，树上的蝉开始大着胆子扯长嗓子欢唱，不像下雨时那么哀哀地短促悲鸣。更叫人意想不到的是，太阳尽管被乌云埋没了一个多月，但露了面仍是火辣辣明亮，仍和先前没有半点差别。我们在阳光下抹着脑门上的汗珠，黑着眼睛都觉得极欣慰。

　　大人们称这样的雨天叫"水天"，称满坑满河的大水叫"发水"。由于疏浚不畅，在我们村子里，几乎年年都要发一发水，要是大禹活着，他仍需不时来村子里走动走动，而且要"三过家门不入"，借借天帝的"息壤"，才能使村街上横淌的泥浆河干涸，使村子里那三口大坑溢出的碧水淹不坍人家房屋的基础。

但那三口大坑却是我们的天堂，要是没有这么广阔的水面，我们真不知道该如何对付童年的炎热。我们把游水叫作"洗澡"，只要身上见汗，我们一准要跳到满坑碧水里去。满坑碧水除了埋葬有我们同伴的尸体外，也埋葬着我们只有童年才有的喧哗与笑语。

没有人能说清那些大坑的来历，似乎是祖先们为了对付匪患，绕着原始的村落挖了一圈护村河；后来，护村河的某些部位因为取土或者浇灌什么的原因宽广了起来，越来越宽广，直到阔大的水面演变成现在碧波万里（在孩子们的眼里确实如此，就让我用用这个词吧）的大坑。村里人年年增多，有些人家就搬到了坑的外堰，三口首尾相连的大坑像是扯着手的三兄弟逐渐深入村子内部，就像一落草它们就躺在了村子里一样。村人们在坑里洗衣服、淘粮食、养鱼，当然，大小村人也把大坑当成天然的澡池和游泳池，当成消夏避暑的理想场所。

那年我才八岁，身长不足一米，要是游在水里，身子并不比一条三年生的鲢鱼长多少，游水技巧更是与鲢鱼们有天壤之别。我不是鲢鱼，但我渴望成为一条鲢鱼。我渴望能在水里自由自在，既能在水面刺刺溜溜乱窜，又能在水底如履平地游行。要实现这个理想需要艰苦努力，需要和死亡并肩而行。我当时还不知道这个深刻道理，当好几个伙伴笨拙地打着嘭嘭（我们称狗刨式为"打嘭嘭"）在水深远远超过他们身高的深水里嬉戏时，我坐在坑堰上，用一只手支着下巴颏儿，眼巴巴地望着他们。我嘴角的口水差一点被他们满池满槽的快乐逗出来。我决定不再延宕，马上为理想付诸行动。

我把光溜溜的小身子浸泡在近岸的浅水里。有许多小鱼跑来稀罕我，啄得我肤心乱痒。我不敢往深水里走，只要水漫到肩膀以上，我的身体就开始不是我的身体，开始漂起来，仿佛水底有只大手无声又轻柔地托着，而且剥夺了我对自己身体的管辖权。当时我不可能明白浮力这回事儿，我对水底来历不明的那只大手感到恐惧。我的小身子配合着水中无处不在的涟漪颤抖。我蹲在浅水里，胆子一直麻嗖嗖的，嘴唇不住地哆嗦。

但水底的神秘却紧紧揪着我的心。这个世界上任什么都无法泯灭人类的好奇心，连死亡对好奇心也束手无策。我的身子和水波共鸣着，我向深水里探出了一只脚，又探出了一只脚。水在悄悄埋没我，肚脐不见了，拱出在皮肤外头的肋骨胸骨不见了，比高粱米还要小些的对称在胸部的乳头不见了……我小心翼翼唤水淹没了身子，轻轻托起我的下巴。水波抚摸着我，我麻酥酥的胆子在看不见地被水泡胀。在恐惧的包围中，恐惧开始消失。

为了探听水底的动静，我憋足一口气，下定决心，身子一屈就把头缩进了水里。我听到了另一个世界的声音，遥远又清晰，沉闷又清脆。那是波浪在水底的交谈，那是大大小小鱼们的轻唱。我也看见了另一个世界，浑浊得发黄，比被褥更厚重——我在水下睁开了眼睛，但水拒绝我窥知它的端底。它严严实实地向人类保守着最后的秘密。

树木从大地上伐下后，若是借助太阳和风的暴力来抽干它们曾经郁郁葱葱身体里的血液，它们就会痛苦得扭曲，并会绷裂出一道道沟壑，用这种毁灭自身的方式无声（不，有时憋急了它们也能发出裂帛般的鸣响）地抗议。那样木材就不再成为木材，就有悖人类的初衷。有悖人类初衷的事情人类自有办法对付——把它们一入毂就淹毙在水里，淹他一个月，两个月，三个月……直至服从，直至无声无息，叫你是什么你就是什么！不但淹灭你抵抗的行为，还要淹灭你抵抗的声音与念头。让你永远严丝合缝，不再动一下思绪，不再咧一下嘴唇。不摧毁你的身体，但彻底摧折你的灵魂。然后——拿来当我的栋梁，栋梁之材！

　　现在就有一根这样的木头漂在我的身边。它早已死在水里，身体被水统治，成了水的殖民地，因而它的浮力很小，只能勉强驮动像我这样的一个小身子。这棵沉浸的树干仅被伙伴们当作初学游水的道具，一旦能够漂浮在水里，他们就都懒得再理它。死树被丢弃在大坑的角落，丢弃在我的身旁。我伸出两条胳膊抱紧它，试着从坑底抬起脚——于是我悬空在了水里，就像抓住树枝悬空在了空气中一样。

　　我有些吃惊，又有些欣慰。我还没学会游水，但我知道这种身子悬在水中的感觉就是游水的感觉。只要有了这种感觉离学会游水的日子也就不远了。我再度将身体漂起，又漂起，几乎平趴在了水面上。死树很够朋友，它没有轻易沉下去，它半沉半浮在波浪里，仿佛在告诉我：放心吧，我驮起你的身子还是绰绰有余的。

我的身子漂浮了起来，因而我的胆子更大。我趴附在死树上，一时兴起竟放心地学着伙伴们打起了嘭嘭。我听到了我的双脚激惹起的阔大响亮的声音，我不用看也知道有许多雪白的盛大水花正在围着我的脚板灿烂绽放。我有点忘乎所以。甚至我都能只用一只手扶树，腾出另一只手送一只趴附在树体上的螺蛳回到水里去。树体上敷衍着一层厚厚的幽暗苔藓，腻腻的滑手，沾染着浓重的死亡气息，像是阴曹地府分泌的黏液。我吃力地抠紧树，稍一松懈两只手就不再有所攀附，而是为寻找一茎救命稻草拼死狂舞在水花深处。

　　死树在不知不觉移动，驮着我悄悄靠拢死亡。但我沉浸在兴奋里，对这一切一无所知。我已经离开了对我来说安全的浅水区，处身在危机四伏的比我的身高要高出一倍的深水里。水，随时随地都能够吞噬我这具只有八岁的小小身体，和小身体里包藏的那颗小小心灵。

　　虽然会凫水，但伙伴们对大坑中心仍心存畏惧，他们的小头颅在水皮上一顶一顶地待在不远处，离我最多不过五六丈远。他们个个身手不凡，有人能一猛子扎出两间房子那么远，有人能从这堰到那堰横渡大坑，有人躺在水面上不但能翘起身子的两端，还能役使身子中间被深水吓得缩成一疙瘩的小鸡鸡逗弄波浪……但要是坑堰上像这会儿这样没有一个大人，他们中没有谁胆敢深入大坑腹地。我们不仅仅是怕坑心的深水，更怕的是传说中的水鬼。鬼是不确定的、神秘的幻象，因为没有见过，它的模样就更是变化多端，但每一种模样都足以让你的胆子瞬间爆破，置你于万劫不复的死地。

我们此时游水的东大坑里的水鬼就更可怕，那是个女鬼，是多少年前发大水谁家的姑娘洗衣服时溺死后变的，她穿着艳气四射的红鞋，披肩长发一绺绺盖到屁股，浑身淋漓着荧光闪闪的水珠，总是半夜或正午时分（鬼喜欢在子时活动）悄然从水里爬出，坐在坑坡里向可能路过的小孩子招手。她也有点怵大人，喜好诱惑不谙世事的轻信的小孩子。似乎我们中的每个人都会成为红鞋女鬼青睐的对象，游水的时候我们总是无端地紧张，有时不知谁吼一声："红鞋！看，红鞋来了！！"我们浞着话音夸张地尖声大叫，比身子击起的水声更锐利响亮。我们哗哗啦啦逃向岸边，远远地蹿上坑堰回头张望仍心有余悸。

　　一个伙伴发现了我和牵引着我的死树，他没有迟疑，立即脱离那群在深水里嬉戏的伙伴朝我游来。一群人在水里抢这棵死树通常是嬉水的一个重要节目，是一场游戏里的高潮。只要有一个人游向我，不出一分钟，就像结群的鲫鱼，另外的人肯定会一个不剩地都围过来。那个向我游来的伙伴叫得荣，比我大一岁，在雨天开始之前的收麦季节他已经学会了打嘭嘭。他不但会打嘭嘭，还会"扎猛子"，能够在水底两只手扶着地走出两间屋子那么远。他为此得意非常，见了我没有二话，总是"咱们去东大坑扎猛子去""咱们去南大坑扎猛子去"；因为不会游水，对于他的"盛情邀请"我面有难色，而他在我脸上只要发现蛛丝马迹的"难色"就会立马开始他的眉飞色舞的"授课"——讲脚和手怎样在水里这样一动一动身子就漂起来（示范着动作），要是仰脸向上呢，"就

216

像躺在新被子上一样舒坦"；而两只手扒着水底走路更是其乐无穷，说不定就在哪个脚窝里抓到一条鲫鱼呢。得荣确实抓到过一条一两多重的小鲫鱼，那条小鲫鱼是冥界的小小使者，挟持着他家刚向人讨要的满月不久的小花猫一命归西（鱼刺卡了小猫的喉咙）。得荣为此挨了一顿痛揍，但他父亲粗糙的大手揍出了他胸膛里储量不多的湿润哭声，却没有揍掉一丝一毫他要在水底渍泥的脚窝里再摸一条鲫鱼的决心。

我匆急的声音像另一种比阳光更耀目的明亮花朵在波浪上盛开——"得荣，别过来，别过来！别……树——"我猛地意识到我的呼喊没有任何意义，因为得荣也是刚刚学会打嘭嘭，他的小小头颅像一条过河的狗一般勉勉强强泅露水面，而双脚节奏不整，奋力扎挣才击荡出低矮的水花。他全副精力都用在打嘭嘭上，耳朵又被波浪和水响埋没，不可能感知我的声音，也不可能去想我还不会游水。我瞪大眼睛，在得荣并不灵巧的身体送来的越来越宽大的波浪里起伏。坑堰大柳树上的蝉发现了险情，直着嗓门吆唤。但蝉声像一团乱麻，只能使事情更乱，帮不了我任何忙。我待在汹涌的浪峰浪谷里，一时间手足无措。我不再出声，只是瞪大被水或泪渍得涩酸的双眼静等着死亡莅临，期望在死亡莅临的刹那骤生出应对死亡的计策。

我来不及磨转死树的前进方向，半浮半沉的死树呆滞滞反应迟钝，在手底下从没灵便过；我也不能离开死树，尽管离岸边的浅水区只有两丈来远，而只要一松手，我立刻就会被水底的那只无时无处不在的大手掳去。我像是抱着一支猎

217

枪坐在老虎洞里和把守洞口的老虎对峙，我瞪视着越来越近的深陷在波浪和白水花里的得荣的小头颅。只要得荣两只手一碰死树，被整破了胆的死树就会刺溜缩进水底，再露出它那黑暗的身段不知是猴年马月的事情。没有更好的结局，失去猎枪的我只能成为老虎舌头上滋润的美味……蝉声嘶哑，阳光黑暗。我该怎么办？

又一道强劲的水波推来，我看见得荣身子一蹿，向我崭露出一脸得意。而我两手抠紧的死树只轻轻一挑，像不耐烦的手臂掸掉一只蚂蚁，我如期被拨拉进深不可测的水里。

我呛了一口水，接着就进入了死亡程序。我应该先在水皮上扑腾一番，耗尽力气与死亡抗争，而等到力气耗尽，事情也就好办多了，只需轻轻用水波抚平我存在过的痕迹，唤出身体里的生命气泡并以水代之，我也就听话地沉潜水底去陪红鞋女鬼说话了。这过程有点类似猫玩一只刚逮的小鼠，等到玩够了才一口一口啮噬品味。但呛了第一口水后我一下子洞明了底细，我知道挣扎没有任何意义，要想重新回到空气中，我只能反其道而行之，将计就计地沉入水底，在水底在死亡的手心里溜出死亡的辖区——我要尝试得荣向我讲了无数遍而我所知了了的扎猛子，此时只有扎猛子才能救我，才能让我紧紧握住生命的缰绳。

因为灾难是突然降临的，我没来得及准备，没有饱吸一口气储存在胸腔里以供水底使用，呛水又加速了空气消耗，我急需空气。只有离开了空气才能知道空气的宝贵，这时要是谁能送我一口空气，我愿意拿整条胳膊去换。但是没有。

我闭紧嘴唇硬憋着。我明白比空气更重要的是冷静与放松，只要一着急，我就再难憋住，就只能张口灌水，顺从死亡的安排。

我沉到了水底。我判断好了方向，伸出不太活便的两手抠住了水底的溃泥。像一个蹒跚学步的娃娃，我艰难地交替双手。我前进了，我的身子在朝前挪移！我的动作很慢，比密密麻麻从溃泥中走出的沼气的气泡更慢。那些气泡纷纷拂过我的身子，像是那只无以名状的大手的手指，麻酥酥的，但细腻温柔。气泡浮上水面爆炸，呓呓乱语。我的行为超出了它们的经验，一时间它们全乱了手脚。那只手无计可施，开始拼命挤压我的肺部。

我挺着，硬挺着。我知道多挺一秒我回到我热爱的地面上的概率就能多一分。我又向前挪移了半尺，不，或许一尺。接着我下次的前进再一次成功……但我实在憋不住了，在胸腔里愤怒的肺即将爆炸的前一秒钟，我试着踩住水底站起来。我咕咚咕咚的心跳激荡得满坑波涛汹涌，我的身子剧烈地摇摆着伸直，再伸直。但在伸直的过程中，我喝了一口水，又喝了一口水。要是我完全站起来而我的高度仍然超不过水的高度，那我就彻底失败，我就会理所当然被死亡掳走，就会变成另一个水鬼。我等待着最后的判决。我一边咕咕嘟嘟灌水一边站直，抬起头来——奇迹发生了，当我抬起头来时，我张大的嘴巴喝进去的不再是水，而是空气，是香甜的醉人的能吹拂血脉使四肢舞动使喉咙歌唱使目光明亮的神奇的空气！我站直身子仰起脸，水波只能围涌到我的下巴，而无论它们怎么一跳一跳地努力，终于也没再够到我的鼻孔。——我又能活啦！当意识到我已不死时，我一阵兴奋，一阵激动，又一阵轻松和悲伤。烫烫的泪水盈满眼眶。我哭了。

我踉踉跄跄地爬上坑坡。我软软地瘫坐在那儿，大口大口地享受着宝贵的空气。我喝了太多的水，肚子空前鼓胀，像一只气蛤蟆。阳光依旧，蝉声依旧。这个世界没有变，仍按着它的步伐热烈而冷漠地前进，不会理睬一个小人儿的生或死。伙伴们，包括得荣，仍然沉浸在一堆堆白水花里沉浸在伴随着尖叫的快乐里，没有在意我，和我经历的这一切。冷与暖只有我一个人知道，我把它深深藏在心底。

我与死亡只差了一厘米。当我从水底站起，只要水深再高出一厘米，我无力再反抗的身体只能听从死亡的摆布。呛水后我会心悦诚服沉入水底，没有一丝生还的可能。可我赢得了一厘米的长度，从而赢得了生命权利。

假如当时我的判断失误，在水底前进的方向不是与岸边呈九十度垂直而是偏差一度；假如死树驮着我离岸稍远；假如再多下一场雨，或者某场雨稍稍大一些；假如我出事是在前一天，而不是雨后放晴烈日蒸发掉远不止一厘米水分的第二天；假如我的个头出于某种我们谁都弄不清的原因迟长了一厘米，或者我的肺活量略差……这诸多"假如"中只要有一种成立，就能简简单单地出现一厘米的变动，那我现在就无法写出这段文字，详尽记述下曾经存在的一切了。我早已变回了空气、水和尘土，就像空气、水和尘土当初变成我一样。

而这诸多的"假如"发生，世界出现一厘米的变化，又是多么微不足道轻而易举的一件事啊！

但一双看不见的手终于果决地斩断了所有"假如"的嫩芽，它只留下一种，因为只有这一种才能给我生命。那双看不见的手的主人还没有在我这具适合盛放痛苦的生命容器中倾注足够量的痛苦，从而欣喜地观看容器中痛苦与生命发生的剧烈反应，犹如镁在空气中燃烧，瞬间迸射一耀即逝的绚烂光彩。他的游戏还没有结束，他不能轻易让我消失。

他要观看他的游戏，而我又无限留恋人间，于是我没有死，顺理成章待了下来。只是此后的命运总是带着最初波浪留下的惯性和痕迹，颠颠簸簸，少有平稳时期，仿佛那童年的波浪已经长驱直入我整个生命，日日夜夜在我生命的角角落落激荡喧响。

图书在版编目（CIP）数据

摸一摸闪电的滋味 / 赵兰振著 . -- 成都 : 四川文艺
出版社 , 2020.11
　ISBN 978-7-5411-5735-6

　Ⅰ . ①摸… Ⅱ . ①赵… Ⅲ . ①中篇小说—小说集—中国
—当代②短篇小说—小说集—中国—当代 Ⅳ . ① I247.7

中国版本图书馆 CIP 数据核字 (2020) 第 173031 号
本书中文简体版权归属于银杏树下（北京）图书有限责任公司，并由其
授权出版。

MOYIMO SHANDIAN DE ZIWEI

摸一摸闪电的滋味

赵兰振 著

出 品 人　张庆宁
选题策划　后浪出版公司
出版统筹　吴兴元
编辑统筹　朱　岳　梅天明
责任编辑　陈雪媛
特约编辑　孙皖豫
装帧制造　墨白空间·黄　海
营销推广　ONEBOOK
责任校对　汪　平

出版发行　四川文艺出版社（成都市槐树街 2 号）
网　　址　www.scwys.com
电　　话　028-86259287（发行部）028-86259303（编辑部）
传　　真　028-86259306

邮购地址　成都市槐树街 2 号四川文艺出版社邮购部 610031
印　　刷　北京盛通印刷股份有限公司
成品尺寸　143mm×210mm　　　开　本　32 开
印　　张　7.25　　　　　　　　字　数　140 千字
版　　次　2020 年 11 月第一版　印　次　2020 年 11 月第一次印刷
书　　号　ISBN 978-7-5411-5735-6
定　　价　39.00 元